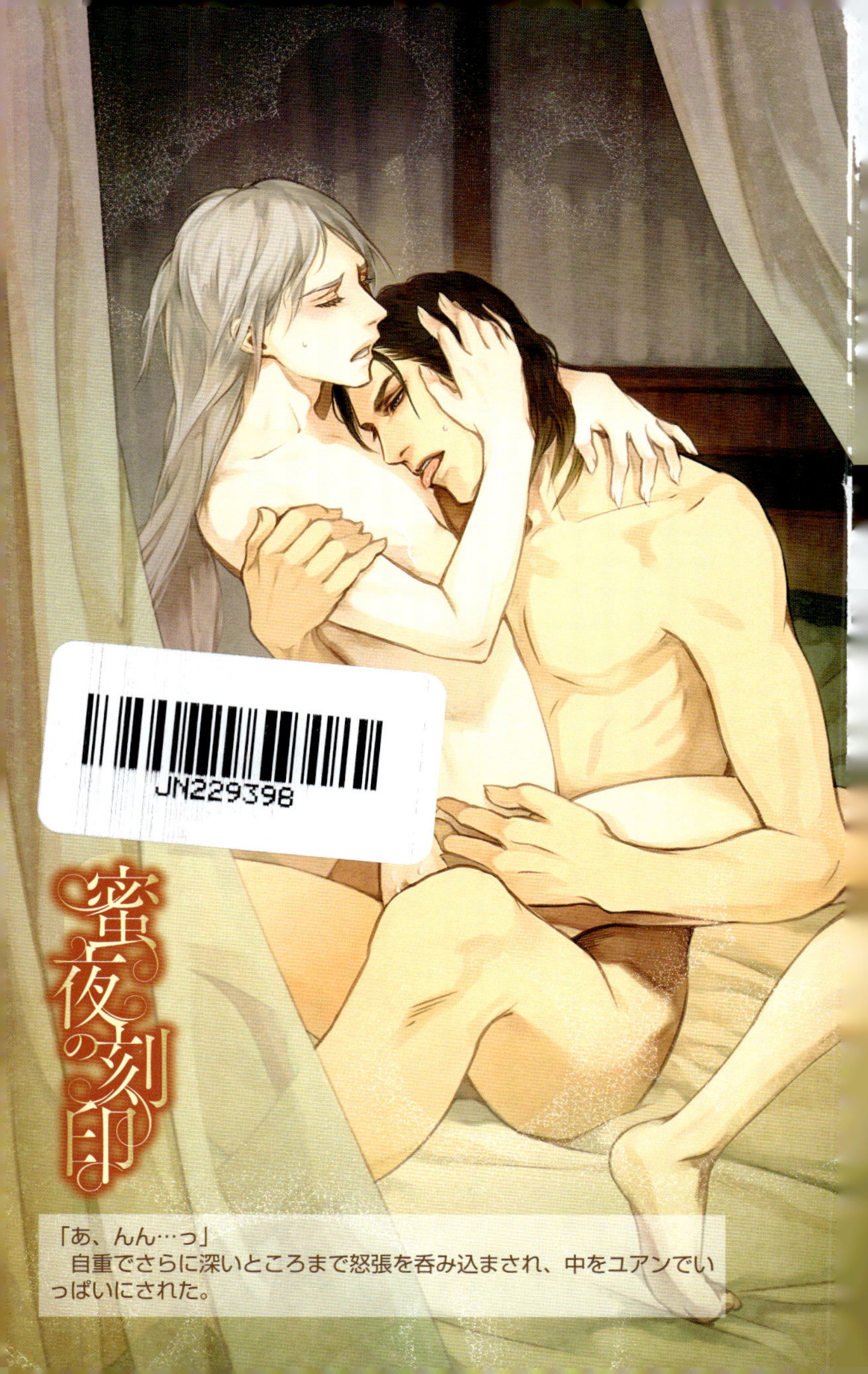
蜜夜の刻印
「あ、んん…っ」
自重でさらに深いところまで怒張を呑み込まされ、中をユアンでいっぱいにされた。

蜜《みつ》夜《や》の刻《こく》印《いん》

宮《みや》本《もと》れん
ILLUSTRATION：香《こう》咲《さき》

蜜夜の刻印

LYNX ROMANCE

CONTENTS

蜜夜の刻印

静寂があたりを包む。

暗闇に浮かんだ白い月が、朧雲《おぼろぐも》の間から禍々《まがまが》しい光を投げかけた。

地を這《は》う生きものたちは頭上に光を頂きこそすれ、高みを仰《あお》ぐことなどない。天に向かって伸びる大聖堂の尖塔群《せんとうぐん》、その主尖塔の上に立って闇に目を凝《こ》らしていたキリエは、地上から吹き上げる風に目を眇《すが》めた。

長い銀糸《ぎんし》のような髪が舞う。

ほっそりとした白い頬に銀色の睫《まつげ》が影を落とした。

線を引いたように通った鼻筋、切れ上がった涼やかな目元。細い首から鍛《きた》えられた肢体《したい》へ続くしなやかなラインには無駄がなく、その鋭い表情ともあいまって気安く人を近づけさせない。見たところ二十代半《なか》ばの面差《おもざ》しには、すでに俗世と隔絶《かくぜつ》したものだけが持つ凜《りん》とした空気を漂わせていた。

その顔がわずかに歪《ゆが》む。

足元でバサバサと飛び回る蝙蝠《こうもり》たちを一瞥《いちべつ》するなり、キリエは白木の杭《くい》を投げた。

一撃で仕留められた蝙蝠が錐揉《きりも》みしながら落ちていく。それを見た仲間たちは、自分はごめんだとばかり三々五々に散っていった。

――こんなことで苛《いら》つくなんて……。

ため息とともに腰のホルスターをそっと押さえる。普段は気に留めないようなことも、ピリピリとした空気の中ではやけに神経を逆撫《さかな》でした。

満月の夜は特に気が昂《たかぶ》る。

けれど今夜は、それだけではない。

――落ち着け……落ち着くんだ……。

何度も自分に言い聞かせる。それでもなお逸《はや》る気持ちが、琥珀色《こはくいろ》の瞳の中に強い光となって宿った。

ヴァンパイアが出たと報《しら》せがあったのが昨日のこと。

速報によると、ここからそう遠くない場所で立て続けに二件の殺人事件が発生した。いずれも血を抜き取られたことによる失血死で、首筋になにかが刺さったような跡がある他は目立った外傷もないことから、ヴァンパイアが関与した可能性が高いと踏んでいる。

少しでもその手がかりを探るべく、そしていざ遭遇《そうぐう》したなら戦えるよう、準備を調《ととの》えてやって来た。長い間追い続けていたターゲットだ。失敗は許されない。こうして夜の風に吹かれている間にも、一息ごとに鼓動《こどう》が高まるのが自分でもわかった。

起き抜けに人間ふたりの血を飲み尽くしたくらいだ。よほどの大食漢なのだろう。それならきっと今夜も憐《あわ》れな獲物を歯牙にかけようとするに違いない。

――させるか。

心の中で決然と告げる。

そんなことはさせない。これ以上ヴァンパイアの好きにはさせない。今夜こそ、この手で呪《のろ》われた歴史を断ち切ってやる。ようやく自分の使命を果たす時が来たのだ。

ぶるりと武者震いが起こる。

キリエは首にかけていた鎖を手繰《たぐ》り、お守り代わりのペンダントに触れた。

若くして亡くなった母親から受け継いだ唯一の形見《かたみ》だ。たったひとりの肉親に先立たれ、天涯孤独の身となってからというもの、辛いことがあるたびにこれを眺《なが》めて気を紛《まぎ》らわせてきた。

鈍色《にびいろ》に光る楕円のメダイ。

表にはマリア像のイコン、裏には祈りの言葉が刻まれている。だいぶ古いものらしく、受け取った時からあちこちに細かい傷があったが、それさえも母の生きた証《あかし》のように思えて大切にしてきた。

やさしかった面影《おもかげ》が甦《よみがえ》る。

――――もうすぐだよ、母さん……。

もうすぐ、この手で仇《かたき》が取れる。母が受けたであろう苦しみを、人生を踏み躙《にじ》られた屈辱《くつじょく》を、ようやく晴らしてやることができる。

聖母マリアに、同じ名を持つ母の面影を重ねる。

――――どうか見守っていて。あなたの子として、最後まで誇り高く在《あ》れますように。

祈りをこめてペンダントを握る。

それを大切にシャツの中に戻すと、キリエは尖塔を蹴って宙に飛び出した。ふわりと浮き上がった身体《からだ》は風を切り、黒いマントをはためかせながら地上に向かって降下していく。

ヴァンパイアを討伐《とうばつ》すること――――それが、スレイヤーである自分に課せられた使命だ。

これまでに狩った敵は数えきれない。物心ついた頃から「ヴァンパイアは悪だ。殲滅《せんめつ》せよ」と刷りこまれて育ったキリエにとって、それは疑う余地のない行為だった。

ヴァンパイアはすべてを奪う。大切な人も、未来も、なにもかも。そして絶望を植えつけていく。途方もない焦燥《しょうそう》だけを与え続ける。

だから殺さなければならない。これ以上不幸な人間を出してはならない。

そんな衝動に突き動かされるまま、任に就《つ》いて十数年。かつては権勢を誇ったヴァンパイアたちもキリエをはじめとするスレイヤーたちの活躍によって、今や始祖《しそ》ひとりを残すのみとなった。事件の速報が正しければ、長い眠りに就いていたその始祖がついに動き出したということになる。

仲間を増やすためか。あるいは、仲間を奪ったスレイヤーたちへの報復か。いずれにせよ、一刻も早く見つけ出して討伐しなければならない。

石畳《いしだたみ》に降り立つと同時に、どこからともなく数人の男たちが近づいてきた。ヴァンパイア討伐を命題に掲げる国家組織の元、同じくスレイヤーとして任務に当たる同胞《どうほう》たちだ。

どこにでもいるような青年たちだが、自分と違って組織にマインドコントロールされているせいか人間味に乏《とぼ》しく、そうかと思うとやけに慇懃《いんぎん》無礼《ぶれい》で、いつ会ってもあまり気持ちいい相手とは言えなかった。どうしても人形という言葉を連想してしまう。

組織の密命を受けて命を賭《か》けているという点では自分も同じだが、キリエには母の仇を討《う》つという、それを後押しするだけの理由がある。なんの謂《いわ》れもなく闇雲に命を賭けているような輩《やから》とは違う。

彼らを前にするたびに、心の中に細波《さざなみ》が立つ。

それは同胞たちも同じらしく、ひとりムキになるキリエになんて関わりたくないがしかたなく……というのが態度から滲《にじ》み出ていた。

「こんばんは。高みの見物は楽しめましたか。我々と違ってあんなところに上れるなんて、さぞかし気持ちがいいでしょうね」

その眼差《まなざ》しはひどく冷ややかで、侮蔑《ぶべつ》の色が透けて見える。

「あまり派手に動き回ると、敵に余計な刺激を与えないとも限りませんよ。あなたはヴァンパイアが現れてからでいいんです。どうせ一撃で殺せるんでしょう？　探すのは我々の仕事ですから」

言外《げんがい》に「邪魔をするな」と牽制《けんせい》する男を、キリエは暗澹《あんたん》たる思いで見上げた。

接近戦の多いキリエとは対照的に、彼らは情報網を駆使してヴァンパイアを追い詰めるのを得意としている。最前線に立つキリエに組織からの命令や情報を伝達するのも彼らの役目だ。昨日の速報もこの男から聞いた。

キリエが生まれながらのスレイヤーであるせいで、彼らが自分を蔑視していることは気づいていたが、顔を合わせるたびに皮肉を言われては腹も立つ。

それが憮然《ぶぜん》とした表情にも表れていたのだろう。男がこれ見よがしに肩を竦《すく》めた。

「そう睨《にら》まないでください。我々があなたに敵《かな》うわけがないんですから。群れなければ生きられない弱い犬の遠吠えとでも思って、聞き流していただければ」

まったく、うっとうしいにもほどがある。

心の中で盛大にため息をついたキリエは、苛立つだけ無駄と割りきって話を進めることにした。

「昨日の事件はヴァンパイアの仕業《しわざ》で間違いないのか」

「ええ。噛《か》み痕《あと》を確認しました。……恐らく始祖かと」

心臓がドクンと鳴る。

やはり、彼が眠りから覚めたのだ。

「我々の仲間が埋葬《まいそう》の儀式をしに向かっています。起き上がりを出すわけにはいきませんからね」

同胞がなんでもないことのように淡々とつけ加える。

その言葉の意味するものを察し、キリエは眉間《みけん》に深い皺《しわ》を刻んだ。

今頃、亡骸《なきがら》の心臓には深々とサンザシの杭が突き立てられているに違いない。残酷なやり方だが、ヴァンパイアに殺されたとあっては二次被害を防ぐにはこれしかなかった。

家族の心中や、いかばかりだろうか。大切な人を亡くして嘆《なげ》き悲しんでいるところにそんな儀式を余儀《よぎ》なくされて、故人への冒瀆《ぼうとく》だとやり場のない怒りすら覚えるかもしれない。

ヴァンパイアがいるからこんなことが起こる。

ヴァンパイアさえいなければ、誰も悲しまずに済むのに。

だから自分は戦う。大切な母の命を奪い、自分に負の十字架を負わせ、その他多くの罪のない人たちを苦しめた諸悪の根源である始祖を倒すことこそ、キリエにとって生きる意味そのものだった。

「どちらの方角だ。せめて祈りを」

東と教えられ、キリエはそちらを向いて十字を切る。生死の概念を越えた存在を相手にしていても、死を悼《いた》む気持ちだけは忘れたくなかった。母を亡くした時からずっと定めを背負っているから余計、この瞬間はいつもたまらない気持ちになる。

そんなキリエを、同胞たちはどこか白けた顔で見つめていた。

「我々はこれから、始祖が最後に現れたという場所に向かいます。手がかりが見つかるかもしれませんので」

「それはどこだ」

「ご足労いただくまでもありませんよ。なにかあればすぐに報せます」

ついて来るなということだろう。予想どおりの答えにキリエは小さく嘆息《たんそく》した。

「……わかった」

どのみち元から別行動だ。情報こそ共有するものの、相容《あいい》れないもの同士、基本的に助け合うことはない。

同胞たちの背中を見送りながら、ならば自分は最初の事件現場に行ってみようと踵《きびす》を返しかけた、その時だった。

「――――!」

突然の殺気に足を止める。

同胞たちも、あまりのことに数メートル先で顔を見合わせた。実戦に疎《うと》い彼らであっても異様な空気はわかるのだろう。

全身が嬲《なぶ》られるようにビリビリと痛む。こんな強烈な気に晒《さら》されるのははじめてだった。

――始祖、なのか……?

ぞくっ…と背筋に冷たいものが伝う。

気配を隠そうともしないどころか、逆にプレッシャーをかけてくる。スレイヤーなど恐るに足らぬと嘲笑《あざわら》われているかのようだ。対峙《たいじ》もしないうちから気後《きおく》れするなと己を鼓舞《こぶ》しながらも、その底知れぬ力にキリエは畏怖《いふ》のようなものを抱いた。

彼はいったい今、どこから自分たちのことを見ているのだろう。

そしてどれほどの力を秘めているのか。

始祖に関する詳しいことはまだまったくわかっていない。ヴァンパイア調査はキリエが生まれる前から行われていたようだったが、少なくとも、それがはじまってから一度も人々の前に姿を現したことがなかったからだ。

まずは敵の力を見定めてから作戦を練りたいところだが、果たしてそこまでの余裕があるか……。

下手をしたら防戦一方でやられてしまうかもしれない。

危険だが、やるしかない。

こうなったら先手必勝で仕掛けようと、静かに腰のホルスターから杭を引き抜いた。

「――ッ！」

自分の身になにが起きたのか。

気づいた時には元いた場所から数メートル弾《はじ》き飛ばされていた。鳩尾《みぞおち》に強い衝撃があったと自覚したのはその後だ。あまりのことに言葉も出ない。まだ数キロは先にいると思っていた相手は、一瞬で懐《ふところ》に入りこんできていた。

呆然《ぼうぜん》としたまま冷たい石畳に倒れ伏す。

それを見た同胞たちは「ヒッ」と息を呑《の》み、我先にと建物の陰に逃げこんでいった。

その間にも、コツ、コツ、と靴音を響かせながら、自分を襲った相手がゆっくりと近づいてくる。満月を背負い、不遜《ふそん》に嗤《わら》う男には、そこにいるだけで周囲を平伏させる覇者《はしゃ》の貫禄《かんろく》があった。

これまで対峙してきたどのヴァンパイアとも違う。全身から滲み出る桁《けた》違いの威圧感は、彼こそが始祖であることを物語っていた。

とうとう、この時が来た。

この手で負の連鎖を断ち切る時が来たのだ。

畏《おそ》れと昂奮《こうふん》で頭の芯が焼き切れそうになりながら、目の前の男を睨み据《す》え、立ち上がる。

そんなキリエを見下ろし、相手は人を食ったような顔で長い黒髪をかき上げた。

「人の寝起きを襲うとは行儀《ぎょうぎ》が悪いな、スレイヤー」

長い間眠っていたとは思えない、艶《つや》のあるバリトン。

身長は一九〇はあるだろうか。屈辱的なほど上の方に男らしく整った美貌《びぼう》があった。

切れ上がった太い眉《まゆ》、高く通った鼻筋。闇を吸いこんだ黒い瞳はギラギラと閃《ひらめ》き、まるで野生の獣《けもの》のようだ。捲《めく》れ上がる肉厚の唇がやけに雄《おす》の匂いを感じさせた。

「ユアン……」

この忌《い》まわしい名をどれだけ脳裏《のうり》に刻んできただろう。口にするだけで喉が灼《や》ける思いだった。

「ほう。俺の名を知っているのか」

ユアンが喉奥で含み嗤う。

意を決してサンザシの杭を構えるキリエに、ユアンがゆっくりと首をふった。

「無駄だ。俺に杭は通用しない」

「ヴァンパイアの言うことを信用するとでも思うのか」

「無駄死にしたいなら構わんが」

「死ぬのは貴様だけで充分だ」

ユアンが静かに目を眇める。じっとこちらを見たかと思うと、ややあって呆《あき》れたように肩を竦めた。

「国の犬にはなにを言っても無駄のようだな」

よく知っている……。

眠っている間にも彼の時間は止まっていなかったのか、あるいはどこかから情報を仕入れたのか。

スレイヤーたちが国家組織に属していることも彼は把握しているらしい。

ユアンは感触を確かめるように首を鳴らす。そして「起き抜けの運動代わりだ」と言い捨てるなり、一瞬にして表情を変えた。

抉《えぐ》るような鋭い眼光に瞬《また》く間に悪寒《おかん》が走る。こうして向き合っているだけでエネルギーが吸い取られていくようだった。

「……！」

――これが、始祖というものか………。

ごくりと喉が鳴る。

「すぐには殺さない。せいぜい愉《たの》しませてもらおう」

ニヤリと嗤うが早いか、ユアンの鋭い爪が空《くう》を切った。

キリエは素早く身を屈《かが》め、相手の心臓を目がけて杭を突き出す。

けれどその切っ先はユアンの胸に刺さるどころか、目に見えないなにかに阻《はば》まれ、軌道を逸れた。

「……なっ、……」

驚きに目を瞠《みは》った次の瞬間、真横から薙《な》ぎ払われる。石畳に思いきり背中を打ちつけられ、衝撃のあまり息が止まった。

両目を見開き、喘《あえ》ぐキリエの前にユアンが立ち塞《ふさ》がる。不自由な体勢を立て直すこともままならず、とっさに身構える宿敵を見下ろしながらユアンは口端を吊り上げた。

「起きろ。俺を退屈させるな」

銀髪を鷲摑《わしづか》みにされて引き起こされ、そのまま冷たい壁に押し当てられる。

「杭を試すんじゃなかったのか」

やってみろと両手を開いて挑発までされて、黙ってなどいられなかった。

「言われるまでもない。後悔するがいい……！」

持っていた杭を握り直し、もう片方の手も添えてキリエは渾身《こんしん》の力で打ちこむ。こんな至近距離で狙《ねら》いを定めて外したことはこれまでなかった。

「……っ」

けれど、どういうわけだ。

杭の先端は確かにユアンの心臓の位置を捕らえているのに、それを刺し貫くことはおろか、身体に触れることさえできない。何度打ちこもうとしても巧みにかわされ、そのたびに急所を外した一撃を食らうばかりだ。じわじわといたぶるようなやり方に腸《はらわた》が煮えくり返る思いだった。

どうしてだ。どうして殺せない。

戸惑《とまど》いは焦《あせ》りになり、焦りは怒りになる。

何度も胸を狙っては跳ね返され、ならばと背中に回っても結果は同じで、ようやく対峙したにも拘《かか》わらず敵にダメージひとつ与えられずにいることにキリエは徐々に苛立ちはじめた。

よろめいた身体を壁に預け、もう一度顔を上げた時だった。

「あ……」

ユアンが無造作《むぞうさ》に腕をひとふりする。たったそれだけのことで胸が横一直線に切り裂かれ、瞬く間に血が噴《ふ》き出した。

「……ぐ、ぁ……っ」

シャツが赤く染まっていく。脂汗《あぶらあせ》が滲み、痛みで目の前がぼうっと霞《かす》んだ。

そんな、ばかな……。

こんなことがあってはならない。誇り高きスレイヤーたるもの、仇敵《きゅうてき》ヴァンパイアを前にして膝を折るなどあってはならない。それなのに。

「どうした。偉そうな口を叩いたくせに、やられるばかりじゃないか」

長い指に顎《あご》を掬《すく》い上げられる。間近から覗《のぞ》きこまれ、生まれてはじめて感じる恐怖に足が竦んだ。

本能が、この男はいけないと告げている。第六感が警鐘《けいしょう》を鳴らしている。縋《すが》るものを求めて杭を握り締めるキリエに、ユアンは低い声で吐き捨てた。

「言ったはずだ。俺に杭は通用しないと」

「……嘘《うそ》、だ……」

知らず声が掠《かす》れた。

ヴァンパイアを倒すには、サンザシの杭を使うのだと教わった。剣や銃では一度死んだ相手には歯が立たないと。杭さえも克服したのが始祖の特性だとでも言うのか。敵を前に丸裸で放り出されたも同然だった。

頭の中がぐるぐると回る。恐怖が絶望に変わってゆく。それでも己の使命を果たすまでは投げ出すわけにはいかないと、もう一度足を踏ん張った時だった。

「――――!」

ピイィッという甲高《かんだか》い笛の音が耳を劈《つんざ》いた。

特別な周波数を使う犬笛だ。このままでは自分たちの身も危ないと悟った同胞が組織に緊急事態を報せる笛を吹いたのだろう。

それにユアンが反応したのはうれしい誤算だった。

彼の意識が一瞬逸れる。キリエはそれを見逃さなかった。

――――今だ。

隙《すき》を突いて一気に畳みかけようと身構え……だが、それすら凌《しの》ぐ速さで彼が動く。音のした方に向かってユアンが腕をふり下ろすと、巻き起こった烈風で同胞たちは建物ごと吹き飛ばされ、笛の音もピタリと止んだ。

「な……」

あまりのことに言葉も出ない。

なんという力だ。人どころか、石造りの建物さえ腕のひとふりで薙ぎ払ってしまうなんて。

衝撃を受けた方はひとたまりもないだろう。果たして何人生き残っているのか、チラとそちらを見《み》遣《や》ったキリエにユアンが胡乱《うろん》な目を向けた。

「あれはおまえの仲間か」

「わたしと同じスレイヤーだ」

「言っておくが、小賢《こざか》しい真似《まね》をしても無駄だ。目障《めざわ》りな輩を生かしておくほど俺は情け深くない。――特にスレイヤー、おまえらは」

漆黒《しっこく》の双眼が月に閃く。

そこに憎悪とも呼べる昏《くら》い炎を見たのは一瞬のことで、すぐさま片手で首を締められ、そのまま強引に持ち上げられた。

「う、……ッ」

両足が地面から浮き上がる。

文字どおり腕一本で吊るし上げられ、己の無力さというものを否応《いやおう》なしに突きつけられた。いくら身を捩《よじ》ってふり解こうとしてもユアンの右手はビクともしない。それどころか徐々に力を強め、喉笛を締めつけてくるばかりだ。

頭がグラグラする。苦しくてたまらない。

「離、せっ……」

気道が押し潰され、声が掠れた。

「どうした。この程度か」

煽《あお》るように鋭い爪が首筋に食いこんでくる。

「や、め……っ、……あ、あぁぁっ……！」

皮膚《ひふ》を突き破り、その下にある肉を抉られた瞬間、勢いよく血が噴き上がった。

あたたかなものが自分の身体から流れ出ていく恐怖。早くなんとかしなければ死んでしまう、頭ではそうわかっていても、もはや身悶《みもだ》えることもできない。

なすすべもなく鮮血に染まるキリエを見ながら、ユアンは己の優位を見せつけるようにねっとりと舌舐《な》めずりをした。

「弱いな。あまりに弱い、スレイヤー。おまえは俺を愉しませることもできない」

玩具《がんぐ》に飽きたように手を離され、ドサリと石畳に投げ出される。勢いよく息を吸いこんだせいか、喉の奥がヒュッと不穏《ふおん》な音を立てた。

「……はぁっ……ぐ、っ……」

流れた夥《おびただ》しい血によって髪や服がべったりと肌に貼りつく。懸命に立て直そうとするのだけれど、呼吸をするたび逆流した血に咽《む》せてしまい、キリエは背を丸めて咳《せ》きこむしかなかった。

こんな屈辱を受けるなんて――。

口元を押さえた手のひらまでも血で真っ赤に染まっている。所詮《しょせん》おまえはヴァンパイアの足元にも及ばないのだと言われているようで、悔しさに奥歯を嚙《か》むしかなかった。

コツ、という靴音が目の前で止まる。

顔を上げると、ユアンの蔑《さげす》むような眼差しにぶつかった。

「飼い慣らされた駄犬にふさわしい最期《さいご》をやろう。それとも、這い蹲《つくば》って命乞《いのちご》いでもするか？」

「貴様に、など……っ、誰が、屈するものか」

はぁはぁと荒い呼吸の合間に血に咽せ、何度も身体を折って咳きこみながら、それでも矜持《きょうじ》だけは捨てまいとキリエはユアンを睨み続けた。

「ヴァンパイアが最強だなどと、思い上がるな。人間がいなければ生きられもしないくせに」

どれだけ力が強かろうと、死なない身体を手に入れようと、人間の存在なしにヴァンパイアが在り続けることはできない。

「所詮は人の血で生かされているんだ。貴様など、自分ではなにもできない」

「なんだと」

漆黒の双眸《そうぼう》がギラリと閃く。

胸倉《むなぐら》を掴まれ、力尽くで引き摺《ず》り上げられながら、それでもキリエは話すのをやめなかった。

「図星《ずぼし》を指《さ》されて悔しいか」

「誰に向かって口を利《き》いてる」

「悔しければ餓《う》えて証明してみせるがいい。どうせ死なない存在だろう」

「……ほう。たかが餌《えさ》の分際《ぶんざい》で、よくもそんなことが言えたものだな」

地を這うような低い声音《こわね》が耳殻《じかく》を震わす。

キリエは最後の力をふり絞ってギリとユアンを睨みつけたものの、相手の目がどこを見ているのかすでにわからなくなっていた。短時間に大量の血を失ったせいで意識を失いつつあるのだ。それでも、こんなところでやられるわけにはいかない、ただその一念だけで顎を上げ続けた。

どれくらいそうして睨み合っていただろう。

不意に、胸倉を摑んでいた手から嘘のように力が抜ける。支えを失ってその場に崩れ落ちた身体は容赦《ようしゃ》なく手の甲を踏みつけられ、冷たい石畳に打ち留められた。

「……ぐ、っ……」

「おまえのようなスレイヤーは反吐《へど》が出る」

吐き捨てるように激しい憎悪を叩きつけられる。踵《かかと》で思うさま踏み躙られ、いたぶられ、キリエは声にならない叫びを上げた。

「気が変わった。俺にそんな口を叩いたことを、死ぬほど後悔させてやろう」

意識が闇に落ちる寸前、底冷えのする嘲笑《ちょうしょう》を聞く。

「おまえを屋敷に連れていく。徹底的に嬲り殺してやる――」

＊

生まれる前から運命は決められていた。

自分が、仕組まれた子供だったからだ。

この身体の半分には人間の、けれどもう半分には憎むべきヴァンパイアの血が流れている。人間を母に、ヴァンパイアを父に持つダンピールとしてキリエはこの世に生を受けた。

ヴァンパイアがいつからこの世に存在していたのかはわからない。

血を奪われて死んだ人間が甦り、衝動のままに人を襲ってその数を爆発的に増やしていったため、国は極秘裏にヴァンパイアと人間の女性を交配させ、異種混血児であるダンピールを作った。性質上、父親の血を濃く受け継ぐダンピールならヴァンパイア探しに鼻が利く上、人間の力を遥《はる》かに凌ぐ戦闘能力を備えているためだ。

かくいうキリエも物心がつくまでは母親に育てられたが、彼女が亡くなるとすぐに国の秘密機関に引き取られた。八歳の時のことだった。

そこから先は、思い出すのも辛い日々を過ごした。

スレイヤーになるための徹底教育は人格破壊からはじまって、徹底的に肉体を鍛え上げられ、教官の意のままに動くよう改造されるということだった。

一般社会から隔離《かくり》され、来る日も来る日も戦闘訓練を強《し》いられていくうちにそれを疑問にも思わなくなる。二年も経てば立派なスレイヤーとして実戦に送り出されるシステムだ。

ヴァンパイアは悪だ。殲滅せよ――――。

自分の半分がなにでできているのか、考えたら狂ってしまう。

だから訓練では徹底的に被害感情を煽られた。おまえの母親が死んだのはあいつらのせいだと。

ヴァンパイアの子を産んだ女性は皆若くして死んでしまう。異種混血児を宿すことでエネルギーを使い尽くしてしまうのだろう。

こんな自分を産んだために母は死んだ。運命に翻弄《ほんろう》される駒《こま》でしかない、こんな自分を。

それを思うたびに罪悪感で頭がいっぱいになる。キリエにとって、ヴァンパイアを討伐することは母親へのせめてもの償《つぐな》いだった。

母の仇は自分が取る。必ずこの手でヴァンパイアを根絶やしにしてやる。そんな強い思いがあったからこそ厳しい訓練にも耐えていられた。辛ければ辛いほど、苦しければ苦しいほど、やさしかった母を思い出して歯を食い縛り続けた。

それからしばらくして人道的な理由から交配が禁止されると、国は普通の人間を洗脳して戦闘員に仕立てるようになった。それが同胞たちだ。

特殊能力を持たない彼らは肉弾戦には不向きだが、その分、情報操作によってヴァンパイアたちを攪乱《かくらん》することができる。そのため彼らは最前線には極力出ず、ダンピールを盾にしながら戦績を積み重ねるのだ。

そうやって、何人もの異種混血児と人間とが半ば強引に手を組まされ、ともにヴァンパイア討伐に当たっていた時代があった。しかし常に接近戦を求められるダンピールは徐々に数を減らしていき、今や希少な存在となっている。

その、最後のひとりがまさに自分だ。

スレイヤーを生業《なりわい》としてもう十五年。その間誰にも頼らず、ひとりきりで生きてきた。

もしも普通の人間として生まれていたらどんな人生だっただろうと、想像することもあった。

だが、それは考えても詮《せん》ない話だ。現実がすべてなのだから。こんな自分に平穏《へいおん》など与えられるわけがない。唯一静寂が訪れるとしたら、それはこの世からの離別でしかないのだ。

そう。だから運命を受け入れるしかない。

母の仇を討つために。

生まれたことへの深い罪を償うために——。


キリエはふと目を覚ました。

身体は泥のように重く、ほんの少し身動《みじろ》いだだけでもミシミシと軋《きし》む。頰に触れる冷たい感触に、自分が床に倒れていたのだと気がついた。

「ここ、は……」

口に出すと同時に、意識を失う直前の光景が脳裏を過《よ》ぎる。

「……ッ」

はっとして起き上がると、首の傷が引き攣《つ》れたようにズキリと痛んだ。

そうだ。あの男に――。

不遜に嗤うユアンの顔がまざまざと思い出される。宿敵を前になすすべもないなど、こんな屈辱ははじめてだった。

キリエは唇を嚙み締めながら傷口を手で押さえる。鋭い爪で抉られた傷は幸いなことに、すっかり塞がっているようだった。胸の方もまだ若干傷痕は残っているが、こちらもあと数時間もすれば消えるだろう。

普通の人間と違い、ダンピールの治癒力《ちゆりょく》は異様に高い。この程度なら一日もあれば治ってしまう。

一見便利なこの特性も、結局は父親譲《ゆず》りだ。そしてヴァンパイアはより回復が早い。そんな相手と戦っているのだ。何度ボロボロになっても膝を折ることを許されないスレイヤーの苦しみは、使い捨てになれない分だけ人間のそれを遥かに越えた。

「……」

キリエは立ち上がり、あらためて周囲を見回す。

そう広くはない部屋だ。窓が三つに、キャビネットがひとつ。革張りのヴェルカウチソファがある他は目立った家具らしきものもない。普段は使われていない部屋なのだろう。キャビネットの上にはうっすらと埃《ほこり》が積もっていた。

ここが始祖の屋敷だろうか。

長い間謎に包まれていた敵の本陣にいるのかと思うと、知らず武者震いが起こる。

屋敷の中を探れば始祖の弱点がわかるかもしれないとの思いがチラと頭を擦《かす》めたが、すぐに探索《たんさく》は後日にしようと思い直した。怪我《けが》を完治させ、対策を練ってから出直す方が効率的だ。とにかく今は一刻も早くここから出なければ。

ちょうど、窓の下に足をかけるのに良さそうな出っ張りがある。そこから外に出ようと窓枠《まどわく》に手を伸ばした途端《とたん》、目に見えないなにかに身体を押し戻された。

「……え？」

どういうことだ。

嫌《いや》な予感がして他のふたつの窓も確かめてみたが、結果はどれも同じだった。どうやら屋敷全体をなにかが覆っているらしい。

――まさか……。

そういえば、聞いたことがある。ヴァンパイアはその血によって結界を張ることができるのだと。

ただし、それができるのは純血種のみだ。交配が進むにつれてヴァンパイアとしての力は弱まる。始祖の血を継いだものたちであっても、作ることのできるシールドは身体を部分的に覆う程度だ。

それが始祖たるや、屋敷を丸ごと覆ってしまうなんて……。恐らくは、地面に注いだ血によって土地を眷属《けんぞく》とすることができるのだろう。

完全に囚《とら》われてしまった。自分は今、籠《かご》の中の鳥も同然だ。

「ふざけた真似を……」

悔しさにギリと唇を噛む。

いくら意識を失っていた間のこととはいえ、敵に捕らえられるなど言語道断《ごんごどうだん》。その上、脱出もできないなんて。こうなったら一刻も早くユアンを倒し、シールドを解除させるしかない。

それなら、まずはどうすれば――。

対策を立てようとしたその時、なんの前触れもなくドアが開いた。

「……っ」

ユアンだ。驚いたことに、まるで気配を感じなかった。

「目が覚めたか」

外套《がいとう》こそ脱いでいるものの、最初に対峙した時のようにユアンがこちらに近づいてくる。その一挙一動を睨みながら戦いに備えて重心を落とすキリエを一瞥し、ユアンは頬に余裕の笑みを刷《は》いた。

「あれだけの怪我をしながら起き上がるとはしぶといやつだ。それでこそ殺し甲斐がある」

「わたしをここから出せ」

ユアンがニヤリと口端を上げる。

「せっかく屋敷に招待してやったんだ。少しは俺を愉しませろ」

「なんのつもりだ」

「言ったろう、徹底的に嬲り殺してやると――おまえの身体にいくつ傷が刻めるか試してみるか。

それとも少しずつ血を抜いて、生きながら死ぬ苦痛を味わわせてやろうか」

そんなもの……。

思わず口を突いて出そうになり、すんでで思い留まった。

どれほどこの身が傷つけられようと、そんなものには屈しない。なぜなら、口に出すのもおぞましいような訓練を受けてきたからだ。

死ぬギリギリまで徹底的に痛めつけられ、驚異的な治癒力で回復しかけたところをまたやられる。それを一ヶ月も二ヶ月もくり返すうちに傷つけられることに慣れてしまうのだ。対ヴァンパイア戦のためなら国はどんな手段も厭《いと》わない。そして仕組まれた子供には、それを拒む権利すらなかった。

当時の記憶が甦りそうになり、キリエは頭をふって記憶を払う。

どのみち人間とヴァンパイア、そのどちらに属することもできず、半端《はんぱ》な生きものとして敵を屠《ほふ》ることしかできない自分には負い目しかない。

だからこそ、キリエは毅然《きぜん》と顔を上げた。

「そんなことをわたしが恐れるとでも思うのか」

ほんとうに恐いのはそんなことではない。

「生きながら死ぬ苦痛など、いつもこの身に感じている」

「ばかばかしい。人間ごときがなにを言う」

にべもなく一蹴《いっしゅう》され、反論してやろうかと思ったがやめた。ヴァンパイアに話したところでなんになる。相手は敵だ、気を許してはならない。自分の使命はこの男を倒すことだ。

キリエはホルスターに手をかける。

向こうから来ないならこちらから仕掛けていくまでだ。

起き抜けにも拘わらず戦いを挑《いど》もうとするキリエに、ユアンがふんと鼻で嗤った。

「その身体でまだ盾突く気か」

「それがわたしの使命だ」

「犬の忠誠心には呆れたものだな。おまえの代わりなどいくらでもいるのに」

「……っ」

その言葉に心が乱れなかったと言えば嘘になる。事実、人間を洗脳すればスレイヤーはいくらでも作れるからだ。自分が死んだらダンピールが絶える。ただ、それだけのこと。

キリエは意を決してユアンを睨み上げた。

「わたしには、命より大切なものがある」

母への贖《あがな》いこそが自分のすべてだ。

「くだらん。……どのみち、おまえはここで俺に殺される」

ユアンは心底ばかにしたように吐き捨てると、あの時と同じようにニヤリと冷酷な笑みを浮かべた。

「さぁ、己の愚《おろ》かさを死んで後悔するがいい」

漆黒の双眸が鋭さを増す。見ているだけで灼き殺されそうな眼差しに晒されながら、キリエは杭を打ちこもうと身を屈めた。

その時ちょうど雲が切れたのか、窓から月光が差しこんでくる。

すると、今まさに牙を剝《む》こうとしていたはずのユアンが、なぜかキリエを見て動きを止めた。

――なんだ……？

怪訝《けげん》な表情。なにかに驚いたようにじっと目を凝らしている。漆黒の双眸は爛々《らんらん》と輝きながらも、どこか信じられないというようにわずかに揺れた。

「………珍しい色を、しているな」

どうやら目の色のことを言っているらしい。

確かに、キリエの琥珀色の瞳はこのあたりでは見かけないものだ。母親もこの色ではなかった。

だからといって、なんだと言うのだ。

「それがどうした」

「……」

問うても答えはない。ユアンは唇を引き結んだまま、ただひたすらキリエの目を覗きこむばかりだ。

さっきまでとは打って変わって大人しくなった相手にどうにもペースを崩され、苛々とする。

人の目なんて千差万別《せんさばんべつ》だ。琥珀が世界にひとりだけというわけでもあるまい。そもそもこの状況下、そんなことはどうでもいいのだ。自分だけが本気になっているようでますます苛立ちが募《つの》った。

そうやって油断を誘っているのか。

それとも、特異な生きものをばかにしているのか。

——この男はなにを考えている……？

キリエにとって居心地の悪い時間だけが流れていく。

ややあって、ユアンは己の考えを否定するように何度も頭を横にふった。小さな嘆息がそれを追いかける。そのままくるりと踵を返すのに驚き、キリエはとっさに追い縋った。

「おい」

「興が削《そ》がれた」

どういうことだ。ますますわけがわからない。

「おい、待て」

制止するものの聞かず、ユアンは部屋を出て行ってしまう。

気紛《きまぐ》れな男に苛立ちを持て余したまま、キリエはその場に立ち尽くすのだった。


寝首をかかれるかもしれないと警戒したせいで、まんじりともせずに朝を迎えた。

明け方、疲れ果ててソファに横になったことまでは覚えているが、その後の記憶がすっぽりない。

恐らくはすぐに寝入ったのだろう。連れてこられた時のように床の上でないだけマシだったが、古いソファはスプリングが充分ではなく、身体のあちこちがギシギシと軋むのには閉口した。

キリエは何度か瞬《まばた》きをくり返し、目だけで周囲の様子を窺《うかが》う。窓の外が薄暗いことから、どうやら日が暮れかかっているようだった。

昼夜逆転の生活なんて、それこそヴァンパイアのようだ。

「……くそっ」

考えただけで胸がむかついてくる。

やり場のない怒りに眉間を寄せながら、キリエはこれからのことを考えはじめた。

シールドが張ってある以上、ユアンを殺さない限りここからは出られないだろう。こうして一夜を明かしはしたが、いつまでも現状に甘んじるわけにはいかない。それに、いざという時のために携帯している非常食もいくらもない。とにかく早く決着をつけなくては。

そうと決まれば敵陣の把握だ。

ふらつきそうになる足を叱咤《しった》しながら部屋を横切り、重いドアを開ける。

廊下に出ると、両脇の壁にはいくつものドアが並んでいた。見たこともないほどの部屋数だ。ずいぶんと大きな屋敷なのだろう。

建物自体はかなり古いもののようで、ところどころ傷《いた》んではいるが、それでも充分に機能しているようだ。柱や手摺りも磨《みが》けば美しい艶を放つだろうと思わせた。

そんなふうに立派なのに、なにかが足りない印象を受ける。いくつも部屋を見て回るうちに、生活に必要なものがほとんどないことが不自然さの原因だと気がついた。

主人がヴァンパイアだからだ。

食事をしないユアンにキッチンやダイニングは無用だし、夜行性ゆえに室内を美しく照らすシャンデリアも必要ない。心を慰《なぐさ》める花も、絵画も、彫刻さえもひとつとして飾られておらず、彼が人間の持つ心の機微《きび》とは無縁の存在であることが窺い知れた。

これが、始祖の住まいか……。

てっきり豪華絢爛《けんらん》な屋敷を想像していた。ここは規模こそ大きいが中身はなく、止まったままの時で埋め尽くされている。

「虚《むな》しいものだな」

無意識のうちに呟《つぶや》いたキリエは、頭をふってわずかな感情を追い出した。

スレイヤーとヴァンパイアは、言わば狩るものと狩られるものだ。

ユアンにとってキリエは己の存在を脅《おびや》かす相手ということになる。それなのにこうしてひとつ屋根の下、鎖もつけずに捕らえておくなど普通では考えられないことだった。

なにか策があるのか。

それとも、弱いスレイヤーになどやられるわけがないと高《たか》を括《くく》っているのか。

「……」

考えれば考えるほど苛立つことばかりだ。

――落ち着け……。

深呼吸をしながら自分に言い聞かせた。こんな思考に嵌《は》まってはいけない。冷静な判断ができなくなる。一刻も早く元から断ち切らなければ。

長い折り返し階段を踏み締めて階下へ降りる。

人間であれば灯《あか》りを必要とする暗さだが、ヴァンパイアの血を引くダンピールは彼らと同じように夜目が利く。難なく一階に辿《たど》り着いたキリエは、その先に地下へと続く入口を見つけた。

他の部屋とはあきらかに違う古びた扉。恐らくこの先に棺《ひつぎ》があり、教会の地下聖堂よろしくそこにユアンが眠っているのだろう。

入ってみようとドアに触れた途端、強い力で弾かれた。どうやらここにもシールドがかかっているらしい。

「なるほどな」

万が一の襲撃に備えて少しは用心しているようだ。ならば、ここで待ち伏せていよう。

幸いにも日は落ち、ヴァンパイアが活動しはじめる時間だ。扉を開けた瞬間に狙いを定めて一気にカタをつけてやる。

杭を握り締め、昂りを抑《おさ》えながら息を吐く。ごくりと咽喉《いんこう》を下げた時だった。

「よほど寝起きを襲うのが好きなようだな」

「――――ッ！」

真後ろから声がする。

ふり返り、そこにユアンを見つけた瞬間、心臓が止まりそうになった。

「な、ん……」

「気づかなかったのか」

――嘘、だろう………。

また気配を感じなかった。昨日、部屋のドアを開けられた時もそうだった。長年スレイヤーとして現場に立っている自分が敵の気配を察知できなかったことなどこれまでない。ヴァンパイアに玩《もてあそ》ばれるなどなんたる不覚。

恥辱《ちじょく》を噛み締めるキリエを見下ろし、ユアンが悠々《ゆうゆう》と目を眇めた。

「その程度の腕で俺に盾突くつもりか。棺に戻るまで百年はかかりそうだな」

「望みとあらば今すぐ眠らせてやる」

「ほう。ようやく本気を出すというわけだ」

その唇が失笑に歪んだのを見て動揺さえも消し飛んだ。

「覚悟するがいい！」

叫ぶなり、勢いよく杭を突き出す。

だが、切っ先はまたも目に見えない力で弾かれた。

やはりという無言の焦りと、どうしてという疑問が頭の中でぐるぐると回る。今キリエが手にしているのは聖水で清めてもらった最後の切り札だ。あらゆる魔を退け、ヴァンパイア討伐に絶対的な威力を発揮すると言われていたのに。

それが、効《き》かないなんて……。

信じられない思いで顔を上げる。冷ややかに見下ろすユアンと目が合った瞬間、全身にぞくぞくと鳥肌が立った。

「杭は効かないと忠告してやったのを忘れたか」

ユアンが手を伸ばしてくる。聖水で清めた杭にヴァンパイアが触れれば酷《ひど》い火傷《やけど》を負うはずなのに、そんな気配もないどころか、ユアンは平然と杭に指をめりこませた。

木の棒がミシミシと軋みを上げる。殲滅のための杭として特別かたく作られているにも拘わらず、それは始祖の握力に負け、真っぷたつに折れ砕《くだ》けた。

「……！」

「これで理解できただろう」

木片がカランと床に転がる。

「おまえは俺に敵わない。無駄な抵抗はしないことだ」

脅《おど》しではない。この男は、次はおまえがこうなる番だと言っているのだ。手も足も出ない力の差を見せつけられて愕然《がくぜん》とするばかりだった。

――そんな……。

考えたくもなかったことが頭を過ぎる。

母の仇を取ると決めていたのに。贖いのために生きてきたのに。それなのに、まったく歯が立たない。やっと始祖と対峙したのに自分は戦うことさえできていない。おそらく、その十分の一の力すらユアンからは引き出せていないだろう。悔しくて頭がどうにかなりそうだったけれど、これが紛《まご》うことなき現実だった。

自分への怒りと不甲斐なさで胃の腑《ふ》がぐうっと迫《せ》り上がる。最後の切り札さえあっさりと無効にされた今、認めざるを得なかった。

敵わない。この男には――。

「……ッ」

叫び出したいのをこらえ、キリエはきつく唇を噛んだ。

一度ならず二度までも敗《やぶ》れ、これ以上打つ手のない自分が抵抗したところで無駄だろう。みっともなく生き恥を晒すくらいなら、いっそ潔《いさぎよ》く死んで母に詫《わ》びよう。それが異種混血児の運命を背負ったキリエのせめてものプライドだった。

「……嬲り殺すと言っていたな」

腰からホルスターを外し、床に投げる。降伏の合図だ。

「どうした。もう諦《あきら》めるのか」

「貴様に命乞いをしてまで生きたいとは思わない」

自らの生きる意味をねじ曲げ、自身さえも裏切ってしまうなんて自分にはできない。

ユアンはじっとこちらを見下ろしていたが、ややあって忌々しげに吐き捨てた。

「所詮は、おまえも同じか」

「なに……？」

「少しでも面影を追った俺が愚かだった」

どういう意味だ。

けれど問いかけるより早く、ユアンが険しい表情で唇を引き結ぶ。

「そんなに死にたいのなら殺してやろう」

「……っ」

乱暴に片襟《かたえり》を摑み上げられ、その弾みでシャツの前が破れてボタンが飛んだ。最初の戦いで胸元を切り裂かれていたせいで布が脆《もろ》くなっていたのだろう。

酷い有様《ありさま》だ。かくなる上はひと思いに殺してくれとその瞬間を待ったが、いつまでも衝撃は訪れず、耐えかねて瞼《まぶた》を開くとそこには予想外の光景があった。

ユアンが、信じられないものを見るような目で自分を凝視《ぎょうし》していたのだ。

――な、んだ……？

その視線の先にあるのは母の形見のペンダントだ。窓から差しこむ月光にメダイが鈍く光った瞬間、ユアンはまるで総毛《そうけ》立《だ》ったように息を呑んだ。

いったい、どうしたというんだ。

その顔にはあきらかな狼狽《ろうばい》が浮かんでいる。キリエがいくら不躾《ぶしつけ》な視線を送っても気づきもしないどころか、己の動揺を隠しもせずにただじっとペンダントを見つめている。頭がいっぱいになっているのだろう。始祖が動じることがあるなんて思いもしなかった。

どれくらいそうして向き合っていただろう。

ユアンがようやく視線を解く。

だがキリエと目が合った瞬間、彼はこれまで見たこともないような顔で眉根を寄せた。人間を餌と呼び、殺すことになんのためらいも持たない男とはとても思えない。ましてやヴァンパイアらしくもない。それはどこか感傷的で、ひどく無防備な表情だった。

ヴァンパイアがこんな顔をするなんて……。

「…………」

ユアンは呆然としたまま腕を離し、その場から立ち去っていく。

なんとなく声をかけるのはためらわれ、キリエは黙って背中を見送った。どうしてそうしたのかは自分でもわからない。彼の変わりように驚いたからかもしれない。けれど、それだけではないような気もしていた。

なぜ、ユアンはあんな顔をしたのだろう。

そしてどうして、自分はそれが気になってしまうのだろう。

闇に消えていく後ろ姿から目を逸《そ》らせないまま、キリエは忸怩《じくじ》たる思いに唇を噛んだ。

＊

「起きろ」

覚えのある声に、ぼんやりとした意識が引き上げられる。

それがユアンのものだと気づいた瞬間、キリエははっと両目を開けた。

いつからそこにいたのか、ユアンが自分を見下ろしている。スレイヤーたるもの、常に敵の行動を察知できるよう訓練を積んできたつもりだったのに、なぜかこの男の気配だけは依然として察することができずにいた。

間抜けなスレイヤーだと思っているだろう。内心動揺していることさえ見抜かれているようで腹立たしい。急いで身を起こしたキリエは、できるだけ距離を取りながら漆黒の双眼を睨みつけた。

そんなキリエを、ユアンが上から下まで検分するように眺め遣る。

「酷い有様だな」

呆れたように吐き捨てられ、またしても苛立ちが募った。

「そんなこと、言われなくともわかっている」

ユアンとの一戦によって首筋や胸にはべっとりと血糊《ちのり》がつき、いつもはサラサラと靡《なび》く銀色の髪もこびりついた血にところどころかたまっている。シャツは鳩尾まで破けているし、ズボンや靴の土埃も落としきれていなかった。

戦いで服や身体が汚れるのはしかたがない。だからこれまでは、任務を遂行《すいこう》した後は必ず、穢《けが》れを落とす意味でも沐浴《もくよく》を習慣にしていた。無理やり連れてこられたせいでそれが叶わなかっただけだ。

「来い」

ユアンはくるりと踵を返し、ドアに向かって歩いていく。そのままふり返りもせず扉を開けて出ていくのを見て、キリエは小さな嘆息と引き替えにその後を追った。

この男がなにを考えているのかはわからないが、逆らっても無駄だろう。無理やり引き摺っていかれるに決まっている。ならば割りきってしまった方がまだマシだ。

暗い廊下にふたりの靴音だけが響き渡る。

連れていかれたのは、意外なことにバスルームだった。

二間続きの手前がドレッシングルーム、奥がバスルームのようだ。中央には猫脚《ねこあし》の白いバスタブが置かれ、暖炉《だんろ》の上では大きな盥《たらい》から湯気が上がっている。湯の温度を調整するための水や水差し、それにブラシなど、ひととおりのものは揃っているようだった。

まるで生活の匂いがない屋敷なのに、こんな設《しつら》えがあることに驚いた。水浴びをする場所どころか井戸すらないと思いこんでいたからだ。

バスタブにはたっぷりと熱い湯が張られている。あそこに足を伸ばして浸《つ》かったらどんなに気持ちいいだろう。

無意識のうちに、ほう…とため息が洩《も》れる。

「好きに使え」

「え？」

そう言い残すなり、ユアンはドアを閉めて行ってしまった。

どうも真意がわからない。自分はそんなにわかりやすい顔をしていただろうか。

それとも、ユアン自身が潔癖《けっぺき》なのか――それなら納得がいく。いくら敵とはいえ、汚れたものが屋敷をうろつくのが嫌なのかもしれない。

相手の思いどおりに行動するのが些《いささ》か癪《しゃく》ではあったものの、血のついたままの身体を清めたくて、キリエは湯を借りることにした。

ドレッシングルームで服を脱ぎ、ゆっくりとバスタブに身体を浸《ひた》す。こうしているだけで強張《こわば》っていた四肢《しし》から力が抜けていくのがわかった。

「……ふう」

ていねいに髪や身体を洗い、泡《あわ》をすすいで風呂から上がる。

ドレッシングルームに戻ると、タオルの他にシャツなどの着替えも用意してあった。ユアンが置いておいたのだろう。破ってしまったシャツの代わりということだろうか。

リボンタイがついたそれはデザインがどこか古めかしく、銀髪の自分が着ると人形のように見えるのには閉口させられたものの、ボロボロのものを着続けるよりはマシだと袖を通した。

身支度《みじたく》を整えて廊下に出る。

このまま部屋に戻るか、それとももう少し屋敷を探索しようかと迷っていたキリエは、ふと、近くの部屋から聞こえてくる音に足を止めた。

コツ、コツ、とテーブルにものを置くような小さな音だ。

気になって中を覗いてみると、ユアンが椅子《いす》に座っているのが見えた。ここは彼の部屋だろうか。

手前には駒の載ったチェスボードが置かれており、彼がスコアを並べていたのだと合点《がてん》がいった。

娯楽に興じるヴァンパイアなんてはじめて見た。

そんな、人間のようなことを……。

こちらに気づいたらしく、ユアンが盤面《ばんめん》から顔を上げる。そうしてキリエの格好を一瞥するなり、彼はわずかに目を細めた。

「……着たんだな」

「生憎《あいにく》と、これしかなかったからな」

憎まれ口に気分を害した様子もない。それどころかゆっくりと口元を綻《ほころ》ばせるユアンに、キリエは我が目を疑った。

――――なんだ……？

もしかして今、この男は笑ったのだろうか。スレイヤーを嘲笑するばかりだったヴァンパイアが。見間違いだろうかと首を捻《ひね》る間にも、ユアンは椅子を立ってこちらに近づいてくる。前触れもなく手を伸ばされ、条件反射で後退《あとずさ》るキリエにユアンは小さく首をふった。危害を加えるつもりはないと言いたいようだ。

ますますわけがわからない。

そうして戸惑っている間にも、解けかけていたリボンタイを器用な手つきで結び直され、居心地の悪さに目が泳いだ。

「どういうつもりだ」

「なにがだ」

「どうせ殺す相手に、ずいぶんと親切じゃないか」

敵のために風呂を用意したり、身嗜《みだしな》みを整えたりと、やっていることがまるでおかしい。けれどユアンは意に介した様子もなく、ふんと鼻を鳴らすだけだった。

「無抵抗なスレイヤーをいたぶってもな。そこまで相手には不自由していない」

なんなんだ、この男は……。

気紛れにつき合わされているようでどうにも落ち着かない。

「それより、腹が減ったろう」

「………は？」

あまりに思いがけない言葉だったせいですぐには理解が追いつかず、キリエは瞬きをくり返した。

「それは驚いた時のおまえの癖《くせ》か？　そんなところも似ているんだな」

「どういう意味だ」

似ている？　誰に？

この男はさっきからなにを言っているんだ。

眉間に皺を寄せ訝《いぶか》しんでいると、ポンと頭を叩かれた。危害を加える時とは違う。乱暴に扱うのとも違う。どうして彼はそんなふうにするのだろう。

「腹が減ったんじゃないかと訊《き》いている。自分が食べないせいですっかり忘れていた」

――驚いた。よもやヴァンパイアからそんな言葉が出るとは。

ユアンの言うとおり、人の血以外のものを必要としないヴァンパイアと違って、ダンピールは食べものを食べなければ死んでしまう。長期戦に備えて非常用のビスケットを持ち歩いてはいたものの、監禁生活が続けば尽きるのは時間の問題だった。

かといって、ヴァンパイアが人間用の食料を備蓄しているとも思えない。

「使い魔を呼ぶ」

考えていることなどお見通しだったのか、ユアンがなんでもないことのように告げた。

「使い魔？」

「この場所を知っている唯一の下級悪魔だ。そいつに言って、好きなものを用意させればいい」

ヴァンパイアが使役を持つのは知っていたが、それを自分のために働かせると言われれば話は別だ。

「餓え死にさせるんじゃなかったのか。みっともなく生き恥を晒すくらいなら死んだ方がマシだ」

毅然と言いきるキリエに、ユアンはくだらないとばかりに吐き捨てた。

「餓え死にだと？　そんな卑怯《ひきょう》なやり方をすると思うな」

「ヴァンパイアの温情か」

「さぁな。俺はただ、美学も持たないようなやつらと一緒にされたくないだけだ」

「……」

なんだろう、この男は。まるで摑みどころがない。

人の命など塵《ちり》も同然のようにふるまう一方、死を受け入れた捕虜《ほりょ》を生かし続けるために食料供給に気を配ってくれる。自分を生かしたいのか、殺したいのか、その真意がわからなかった。

困惑するキリエをよそに、ユアンはすぐさま使い魔を呼び寄せる。

そうして食料を充分に用意させたばかりか、埃を被っていた厨房《ちゅうぼう》も隅々まで掃除させ、完璧に調理環境を整えてみせた。その間、わずか数時間の出来事だった。

まさか、ここまでするとは……。

ピカピカに磨き上げられた厨房を前に言葉もない。

ユアンが満足そうに頷《うなず》くと、使い魔は一礼して音もなく姿を消した。

適当なことを言ったわけではないと証明したかったのだろうか。始祖がその気になれば、なんでもできるのだということを見せたかった……？

「どうした。気に食わないか」

いつまでも動こうとしないキリエに、ユアンが焦《じ》れたように言葉をかけた。

「それとも料理は大の苦手か」

「……そう言ったら、今度はシェフを呼ぶとでも？」

「いや。俺が作る」

ためらいもなく厨房に入っていき、真新しい包丁を手にしたユアンを見て、キリエは今度こそ目を疑う。いくらなんでもそんなヴァンパイアなど聞いたことがない。

「嘘だろう？」

思わず声を上げると、ユアンがニヤリと口端を上げた。

「俺がいつ、料理ができないと言った」

「自分は食べないくせに……」

「食わせることならできたからな」

おまけに、またわけのわからないことを言う。この男は自分をからかって愉しんでいるに違いない。

――趣味の悪い。

所詮、ヴァンパイアのすることだ。今さらどうこう言ったところではじまらない。

目で「そこに座ってろ」と椅子を指され、大人しく従うのも癪だったが、結局は好奇心が勝《まさ》った。

ヴァンパイアにまともな料理が作れるとはとても思えなかったからだ。

そんなキリエの予想とは裏腹に、ユアンは慣れた手つきで野菜の皮を剝き、細かく刻みはじめる。てっきり材料を鍋《なべ》に放りこんで適当に煮るだけだと思っていたが、案外ていねいだ。小気味いい音をさせながらリズミカルに野菜を刻む姿は、自分を殺そうとした男と同一人物とは思えなかった。

驚きとともにユアンを見つめる。

これまでは睨み上げるばかりで意識したこともなかったけれど、そうやって下を向いていると睫が長いことに気づく。精悍《せいかん》な貌《かお》立《だ》ちは俯《うつむ》くことでより一層彫りの深さが強調された。

火にかけられた鍋から、オリーブオイルとガーリックのいい香りが立ち上ってくる。手早く材料を炒《いた》め合わせ、水とトマトを入れて煮こみはじめるのを見ながら、キリエは心の中でそっと嘆息した。

こうしていると、まるで人間だな……。

もっと適当なものを想像していたのに、これでは人の営《いとな》みとなんら変わらない。

そんな視線に気づいたのか、ユアンが目だけを上げてこちらを見た。

「どうした」

「……別に。手慣れていると思っただけだ」

ヴァンパイアとは思えないほどに。

いい匂いにつられて胃が引き絞られるように痛んだ。……無理もない、ここ数日まともに食べていない。シャツの上からさり気なく腹部を押さえると、それを目敏《めざと》く見つけたユアンが顔を顰《しか》めた。

「痩《や》せ我慢をするのは勝手だが、死んだら元も子もないんだぞ」

「わたしを殺すつもりだろう」

「それとこれとは話が別だ。人の屋敷で行き倒れられるのは迷惑だからな」

スープ皿にできたてのミネストローネがよそわれる。あたたかな湯気を立てる具だくさんのスープは見るからにおいしそうで、たちまち口の中に唾液《だえき》があふれた。

とはいえ、これは敵が作ったものだ。万が一毒でも入っていたら……。

考えていることが顔に出ていたのか、ユアンが呆れたように嘆息した。

「そんな面倒なことをするくらいならとっくに殺してる」

確かに一理ある。

「いいか。俺は人の寝起きを襲ったり、毒を盛るような真似はしない」

そう言って強引にスプーンを握らせると、ユアンはスープ皿を押しつけてきた。

「冷めないうちにさっさと食え」

「……」

ここまでされては断りづらく、しかたなしにスプーンを口に運ぶ。

「あ…」

一口食べるなり、頬がゆるむのが自分でもわかった。

なんだ、これは……。

疲れた身体がほっとするのがわかる。野菜の甘み、肉のうまみ、そしてトマトの酸味が心地よく、キリエはたちまち夢中になった。

母親が亡くなってからというもの、まともな食事をした記憶がほとんどない。ヴァンパイア討伐に奔走《ほんそう》していたこともあって、生の野菜を囓《かじ》り、パンやビスケットを水で流しこむだけの毎日だった。

「どうだ。うまいだろう」

得意げな顔で覗きこまれる。

素直に返事をするのが悔しくて、キリエはほんの少し頷くに留めた。

「そうか」

それでも、ユアンには伝わったらしい。

満足そうな声音に、スープのせいだけではないなにかあたたかなものがふわりと胸の中に広がる。じっと見つめられているとそんなものまで見透かされてしまいそうで、キリエは慌《あわ》ててスプーンを動かした。

ユアンは丸椅子を持ってきて腰を下ろすと、鷹揚《おうよう》に足を組み、肘を突いてこちらを眺める。ものを食べるという行為自体、彼には珍しく見えるものなのかもしれない。

「おまえ、名は」

「ヴァンパイアに名乗る名など……」

言いかけて、ふと口を噤《つぐ》む。

これまでならなんらためらうことなく一蹴して終わっていただろう。

けれど、手作りのスープを食べているこの状況ではさすがに良心が痛んだ。ユアンには必要のないものを、わざわざキリエのために作ってくれたのだから。

そんなふうに思うなんて、自分でも意外だった。どれぐらいぶりかもわからないあたたかな食事を得たことで、頑《かたく》なであろうとした気持ちがほっと解れたからかもしれない。

こんな自分は、おかしいだろうか……。

よくわからない。こんなことなどこれまでなかった。だからどうしていいのかわからない。

幾度も目を泳がせた後で、キリエはスプーンを見つめたままボソリと告げた。

「キリエだ」

「……キリエ………」

噛み締めるようにくり返される。

まるで大切なもののように名を呼ばれ、不思議に思って顔を上げたキリエは、相手を見るなりさらに戸惑うこととなった。ユアンは、見たこともないようなやさしい目をしていた。

――――え？

思わず瞬きをくり返してしまう。

はじめて対峙した時の、あの傲慢《ごうまん》で冷酷な男とはとても思えない。まるで愛おしいものを見るような眼差しに、どこか落ち着かない気持ちになってしまう。

こんな顔もするなんて……。

手を止めたキリエを見て満腹と取ったのか、ユアンが目だけで皿を指した。

「もういいのか」

皿にはまだ少しスープが残っている。

けれど、そんな目で見られたままでは食べにくい。もうだいぶ腹も膨《ふく》れたから、これ以上詰めこまなくても大丈夫そうだ。

「もういい」

頷くと、椅子を立ったユアンは、そうするのが当たり前のようにキリエの頭をひと撫でした。

「まったく、食が細い」

そう言ってくすりと笑う。これまでの、上から見下ろすような嘲笑ではない。しようがないなと形のいい眉を下げる笑い方ははじめて目にするものだった。

この男も笑うのか………。

そうしていると人間となんら変わらない。殺すか、殺されるかしか考えたことのなかったキリエにとって、それは衝撃ですらあった。

一連の不可解な行動に困惑するキリエをよそに、ユアンは口元に小さな笑みを浮かべながら皿を片づけはじめる。

「わたしが……」

「おまえはいい。座っていろ」

せめて後片づけぐらいと席を立ちかけたものの、片手で制される。さらには「コーヒーでも淹《い》れてやる」と続けられ、ますますわけがわからなくなった。

誰かに、こんなふうに甘やかしてもらったことなどない。

母親は自分を一生懸命育ててくれたけれど、もともと身体が丈夫な人ではなく、しょっちゅう病《やまい》に伏せっていたため触れ合う時間は少なかった。

今となってはその顔を思い出すことすら難しくなりつつある。時間は傷を癒《い》やしてくれるけれど、同時に記憶も奪ってしまう。そのどちらがいいのかは自分にはわからなかった。

これまでの人生でたったひとり、大切な時間を共有した母。

それ以外はすべて一時的な関わりでしかない。

人間たちはダンピールである自分を化物扱いしたし、ヴァンパイアたちは人の血が混ざった自分を半端な生きものとして蔑んだ。だから自分はそのどちらにも属さないし、誰に気を許すこともない。

それが自分の運命だ。ダンピールとして生まれた以上、それはしかたのないことだから――。

不意に、目の前にコーヒーカップが差し出される。

顔を上げるとユアンがこちらを見下ろしていた。

「おまえはもう少し、その考えに耽《ふけ》る癖をなんとかした方がいい。俺が声をかけたのも気づかなかっただろう」

「……え？」

瞬くばかりのキリエにユアンがそっと苦笑を浮かべる。

「そう無防備だとからかうのも気が引けるな」

「ば、ばかにするな」

急いで湯気の立つカップを取り上げる。

「おい、熱いぞ」

「見ればわかる」

だが勇《いさ》んで口をつけたものの、やはり熱く、キリエは思いきり顔を顰めた。

ユアンがやれやれと嘆息している。そのままカップを置いたら負けを認めるような気がして悔しく、キリエは熱いのを我慢して二度、三度とコーヒーを口に運んだ。

「まったく。おまえの負けず嫌いには困ったもんだな」

——あ……。

まただ。またあの目をしている。慈愛《じあい》を浮かべた眼差しだ。

どうしてこの男はこんな顔をするのだろう。

どうして自分を甘やかしたりするのだろう。

自分の中がじわじわと侵蝕《しんしょく》されていくようだ。母親から向けられたものとはまた違う、これまで感じたことのない感覚だった。

落ち着かない。

けれど、どうしてだろう、不快ではない。

敵にこんなことを思うなど……。

心の中で独白し、キリエははっと我に返った。

そうだ。この男は敵だ。討伐しなければならないヴァンパイアなのだ。

それなのに………。

皿を洗うユアンを身動ぎもせずにじっと見つめる。

その姿が昨日までとどこか違って見えるような気がして、目を逸らすことができなかった。


それからというもの、奇妙な暮らしがはじまった。

日常の大抵のことは使い魔が片づけてくれるおかげで、軟禁生活ながら割合快適に過ごしている。

ヴァンパイア討伐に奔走していた頃からは想像もつかないおだやかな日々に、ともすると調子が狂いそうになるくらいだった。

相手がユアンだからだろう。

ヴァンパイア最後にして最強の始祖のくせに、やけに人間くさい一面を持ち、気紛れで摑みどころがない。湯を使わせたり、食事を用意したりと、折《おり》に触れてキリエの身体を気遣《きづか》うようなそぶりさえ見せる。毎日というわけではなかったが、気が乗ればキリエが食事をしているところを眺めることもあった。

見られていると食べにくいと文句を言っても「俺が見張っていないと残すだろう」との一点張りで、その指摘があながち外れでもないために、しかたなしに好きにさせている。彼のレパートリーは実に豊富で、同じものが出されたことは一度もなかった。

また、新しい服をもらうこともあった。

はじめこそ破れたシャツの代わりにと与えられるまま袖を通したが、その後もズボンだシャツだと押しつけられて済《な》し崩し的に受け取っている。どれも誂《あつら》えたようにぴったりで、どうやって用意しているのかと疑問に思って訊いてみたこともあったが、ユアンは言葉を濁《にご》すばかりでいつもうやむやにされて終わった。

こうしていると、ほんとうに人間の生活と変わりがない。

顔を合わせるのは日が沈んでいる間だけ、という一点を除いては。

ユアンは日没とともに地下室から現れ、キリエのために食事を作る。その後は本を読んでいるか、チェスボードにスコアを並べるくらいだ。

訪ねてくるものはおらず、たまに使い魔が物資を運んでくる以外は誰とも顔を合わせることがない。キリエがいなければその使い魔さえそうそうやっても来ないだろう。

ただ淡々とくり返されるだけの毎日。

シンとした屋敷の中を歩いていると、どこまでも反響する自分の足音に頭がおかしくなりそうだと思うことが何度もあった。

だからだろうか。無意識のうちに会話できる相手を求めてユアンの部屋を訪れる。

ノックの応《いら》えを待ってドアを開けると、ユアンはいつものように膝の上で本を開いていた。

「どうした。腹でも減ったのか」

「そんなわけない。ただの敵状視察だ」

「そいつはご苦労なことだな」

ユアンはやれやれと肩を竦めながら読みかけの本をテーブルに置く。革に金箔《きんぱく》が施《ほどこ》された、豪華な装丁《そうてい》の分厚《ぶあつ》い本だ。読み終えるにはだいぶ時間がかかるだろう。そんなところも彼にはちょうどいいのかもしれない。時間なら、山のようにあるだろうから。

よく見れば、椅子の足元にも同じような本が数冊積み上げてある。それを見てキリエは思わず口を開いた。

「本が好きなのか」

「さぁな。ただの暇潰しだ」

ユアンは他人事のように革の表紙をひと撫でする。

「時間が経っても変わらないものを、ただなぞっているだけだ」

まるで彼そのもののように。

呟いたきり、遠い目をする相手がなぜか無性《むしょう》に気になった。

「ずっと……ひとりなのか」

「それはおまえたちの方がわかっているんじゃないのか」

「……」

答えることができなかった。

ユアンの言うとおり、スレイヤーである自分たちが彼の仲間のヴァンパイアを狩った。人間を襲う敵を根絶やしにするため、そして母の仇を討つために。

ひとり残された始祖がどんなふうに生きるかなんて、思い巡らせたこともなかった。

「寂しいと感じたことはないか」

「そんなもの、もう忘れた。おまえだってそうだろう」

「わたしが……？」

どういう意味だ。スレイヤーを心ない生きものとでも思っているのだろうか。

けれど同胞たちの顔を思い出したキリエは、それも無理からぬことだと思い直した。組織に洗脳された彼らは心の機微など持ち合わせていない。命令に従順で、感情に乏しく、ヴァンパイアの犠牲《ぎせい》となって死んでいったもののために祈りを捧げることすらしない。

ダンピールの自分の方が情を抱くなど、おかしな話だとわかっているけれど。

「わたしは、感情まで捨てようとは思わない。母を失った時から悔しさだけを原動力にしている」

「悔しさ？　母親はどうした」

「死んだ。いや、殺された。わたしが八歳の時に。……たったひとりの肉親だった」

生まれた時から母ひとり、子ひとりで慎《つつ》ましく暮らしてきた。生活は決して楽ではなかったけれど、やさしい母の愛に包まれ、わずかな糧《かて》をわけ合う日々はとてもしあわせなものだった。

その平穏がいつまでも続くと、子供心に思っていたのに――――。

キリエは小さなため息で辛い気持ちを押し流す。

「わたしには母しかいなかった。父親は顔すら知らない。わたしが生まれる前に死んだそうだ」

「……」

ユアンはわずかに顔を強張らせた後で、自分に言い聞かせるようにゆっくりと首をふった。

「思い出せるうちは思い出せばいい。そのうち、嫌でも記憶は曖昧《あいまい》になる」

「……え？」

どういう意味だろう。いつかは忘れてしまうのだから、足掻《あが》くだけ無駄だと言いたいのだろうか。

けれどユアンの静かな口調からは、どうしてもそれが厭味《いやみ》のようには思えなかった。

それよりも、むしろ――――。

「おまえにも、そんなふうに思う相手がいるのか……？」

記憶の中でしか会えない誰かが。

ユアンは応《こた》えない代わりに椅子を立ち、そのまま窓の方へと歩いていく。

「お喋《しゃべ》りは終わりだ。退屈なら、屋敷の中を好きに見て回っていろ」

「ユアン……」

情とは無縁のはずの広い背中にどこか哀愁《あいしゅう》のようなものが漂っているのを感じて、しばらくは目を逸らせなかった。

それでも、いつまでも立ち尽くしているわけにもいかず、キリエは静かに部屋を出る。当てもなく廊下を歩きながら、頭の中でユアンの言葉を何度もなぞった。

——嫌でも記憶は曖昧になる。

彼はその長い生でどれほどのことを見聞きし、そして忘れてきたのだろう。忘れたくなかったこともあっただろうに、そんなことなどお構いなしに時間はすべてのものから奪っていく。ある時は心の傷を癒やすため、ある時は気持ちを整理させるために……。

考えに没頭《ぼっとう》しながら歩いているうちに、いつの間にか二階の端まで来ていたらしい。

気がつくと、見慣れぬドアの前に立っていた。

「ここは……」

そっと扉を押し開けた途端、壁に造りつけられた本棚が目に飛びこんでくる。隙間なく並んでいるのはどれも辞書のように分厚い革張りの本で、先ほど見たユアンの愛読書を彷彿《ほうふつ》とさせた。

どうやら書斎《しょさい》のようだ。

ユアンもここから好きな本を持ち出しては、自室で読み耽《ふけ》っているのだろう。

後ろ手にドアを閉め、ゆっくりと足を踏み入れる。古い本の匂いはキリエにはあまり馴染《なじ》みのないもので、こうして書架《しょか》を眺めているだけでもなんだか落ち着かなかった。

どんなものを読んでいるのだろう。

興味を引かれてそのうちの一冊を手に取ってみたものの、ページを開くなり、キリエは思わず顔を顰めた。まるで古典だ。それもかなりの。他にも何冊か確かめてみたが、そのどれもが今の時代には使われなくなった古い言葉で書かれていた。

時が、止まっている——。

こんな時、彼はヴァンパイアなんだとつくづく思う。何百年という気の遠くなるような時間をただひたすら重ねる存在。時間が経っても変わらないものと彼が揶揄《やゆ》した意味がよくわかった。

「死なないというのは、こういうことなんだな……」

あらためて見せつけられた思いだ。

本を元に戻し、あたりを見回す。窓際の書きもの机に歩み寄ったキリエは、そこに置かれた一冊のノートに目を留めた。

日に焼けた表紙は擦《かす》れて字が読めなくなっており、古いものだということしかわからない。試しにパラパラと捲ってみてようやく、それが日記らしいと合点がいった。

ユアンのものだろうか……？

ごくりと喉を鳴らす。

人の日記を盗み見するのは良くない行為だとわかっている。

けれど、もしかしたらここに彼の秘密が書かれているかもしれない。

なぜ、ユアンには杭が刺さらないのか。どうやって屋敷のシールドを保っているのか。どこで生まれて、どんな人生を送ったのか。どうして始祖になったのか。いつからここに棲《す》み、そして何年生きているのか。どこで料理を覚え、誰にそれを食べさせていたのか――。

気になることばかりで、続きを読みたいという誘惑に勝てない。彼のことがもっと知りたい。

「違う」

キリエは慌てて首をふった。

これはれっきとした敵状視察だ。決して個人的な興味なんかじゃない。

自分自身に言い聞かせ、もう一度最初からページを捲りはじめる。そこにはやや癖のある字でつらつらと出来事が記《しる》されていた。

数行にわたって書かれていることもあれば、一行だけのこともある。共通して言えるのは、そのすべてに日付がないということだった。

こちらに背を向けたユアンの後ろ姿が脳裏を過ぎる。

彼がヴァンパイアだからだ。時間など意味がないからだ。過去をふり返る概念さえ持ち合わせてはいないかもしれない。

それでもこうして記録しているのはどうしてだろう。彼はいったいどんな思いでこれを書き続けてきたのだろう。

ゆっくりとページを捲っていく。

そうして半分ほど見ただろうか。なにげなくノート端に目を遣ったキリエは、そこに描かれている絵に息を呑んだ。

楕円の中央には聖母のイコン。その周りをぐるりと取り囲むようにして祈りの言葉が描かれている。デザインといい、祈禱文《きとうぶん》といい、その細部に至るまで見覚えがあった。

「これ、は……」

自分が首から下げているものとそっくりに見える。

「まさか」

慌ててペンダントを外して見比べ、さらに混乱に陥《おちい》った。違うところがひとつもなかった。

――そんなことがあるものか。

キリエは己を鼓舞するように首をふる。

これはただの偶然だ。きっと、大量に造られたものだったのだ。そうでなければ生きてきた時代も場所もなにもかもが違う自分たちが情報を共有できるはずがない。

そうやって無理やり自分を納得させようとしたものの、絵に添えられた言葉に、今度こそほんとうに息を止めた。

Kyrie《キリエ》 eleison《エレイソン》――主よ、憐れみたまえ。

この言葉を知っている。

なぜなら、自分が持つメダイの裏にも同じものが刻まれているからだ。母親と自分を繋《つな》ぐもの、唯一の心の拠《よ》り所だった形見とまったく同じ形、同じ言葉が彼の日記には描かれている。

どうして――。

呆然としていたその時、前触れもなくドアが開いてユアンが入ってきた。

「……見たのか」

低い声で問われ、キリエは思わず身をかたくする。いくら敵情視察と割りきったとはいえ、良心の呵責《かしゃく》がないわけではなかった。

ユアンは大股に部屋を横切り、キリエが手にしていたペンダントをじっと見つめる。真剣な眼差しは恐いくらいで、軽々しく言葉を差し挟《はさ》むこともできなかった。はじめて彼がこれを目にした時と同じだ。

息を潜《ひそ》めて見上げるキリエなどお構いなしに、ユアンの目はペンダントからノートの絵へと移り、やがてここではない、どこか遠くを眺めるように細くなった。

「同じものだ」

キリエはとっさに首をふる。

「それはおかしい。これはわたしの母の形見だ」

死の間際に自分に託してくれた宝物だ。それまではずっと母親の首にかかっていた。大切な人からもらったものだと言って、いつも肌身離さずに。

「俺にとって思い出のメダイなんだ。……昔、恋人に贈った」

まさか――。

はっとして顔を上げる。

察したようにユアンが静かに首をふった。

「おまえの母親に渡したんじゃない。おまえの父親に贈ったものだ」

「父親……？」

言われていることがわからない。同性なのに恋人なんてと言いかけ、ユアンの顔を見て口を噤んだ。

彼は、息を呑むほどやさしい目をしていた。

「それをよく見せてくれ」

無下《むげ》にもできず、キリエは持っていたペンダントを渡す。

メダイを受け取ったユアンは表を眺め、裏を返して刻印を撫でると、両手で包みこむようにして自らの額《ひたい》に押し当てた。

まるで、失ってしまった愛に縋るかのように。

「……っ」

ズキンと胸が痛んだ。

無防備な姿はまるで始祖らしくもない。人を殺すことになんのためらいも持たないヴァンパイアが遺品に縋るなんておかしな話だ。

それぐらい、彼にとって大切な相手だったのだろうか……。

考えただけでまたも胸が苦しくなった。

それと同時に思い至る。はじめてペンダントを見た時にユアンがとても驚いた顔をしていたことを。彼はあの時、目の前のスレイヤーが恋人の忘れ形見だと気づいたのだろう。

姿勢を戻したユアンがもう一度手のひらを開く。

「カイと出会ったのはずいぶん前――百年は遡《さかのぼ》る」

「それが、父の名か」

そんなことすら知らなかった。母から聞いていたのは彼がヴァンパイアだったということだけだ。

ユアンが漆黒の目を細める。

「俺が愛した唯一の男だ」

ペンダントの刻印を撫でながら、ユアンは思い出を繙《ひもと》くようにゆっくりと語りはじめた――。

ユアンとカイ、ふたりが種の禁忌《きんき》を犯したのは遠い昔。

命を脅かすヴァンパイアと、その餌でしかない人間が愛し合うなど到底理解を得られるはずもなく、カイはユアンとの愛を選んで家族を捨て、故郷を捨てて、誰も知るもののいない土地でユアンと肩を寄せ合って暮らすことになった。

はじめはとてもしあわせだった。

愛するものと一緒にいられる、それだけでよかった。毎日は満ち足りていて、ふたりきりの閉じた世界はあたたかな羊水《ようすい》のように心地よかった。

けれど少しずつ、また少しずつ、お互いが現実に気づきはじめる。

不老不死のヴァンパイアから見れば、人間などあっという間に一生を終える生きものだ。数十年もすればカイは死ぬ。そしてユアンは再びひとりきりになるだろう。

——きみを遺《のこ》して死にたくないよ。

歳を取るごとに不安を覚えたカイはとうとう、自分を仲間にするようユアンに頼んだ。侵《おか》してはならない種族の壁ということは百も承知で、それでもと懇願《こんがん》してくるカイに、ユアンは揺れた。

ヴァンパイアの仲間にするということは、自分の眷属として迎えるということだ。それはつまり死を意味する。この手でカイを殺さなければならない。万が一彼が目覚めなければ、その時点で恋人を失ってしまうことになる。そんな恐ろしいことなどできるわけがなかった。

けれどその一方で、愛するものと永遠に生きられたらどんなにいいだろうと考えるようにもなった。

死なない身体で未来永劫《えいごう》、闇の中を這い蹲るしかないと思っていた自分。だからこそカイは、ユアンにとって一条の光のような存在だった。

恋人を、自然の摂理《せつり》に任せて失うか。

それとも、運命をねじ曲げてでも永遠を手に入れるか。

――ともに生きたい。失いたくない……。

満月の夜、ユアンはついに手を下した。牙を立ててからカイが息絶えるまでは、ほんとうにあっという間の出来事だった。

冷たくなったカイの亡骸を抱え、ユアンは来る日も来る日も待ち続けた。髪を撫で、名前を呼び、ただひたすら恋人が目覚めることだけを願い続けた。これまで数えきれないほど人を殺してきたくせに、その時はじめて、大切なものを失う恐さを嫌というほど思い知った。

だから、カイが無事にヴァンパイアとして甦った時は、これで安心だと思ったのだ。ふたりきりで永遠を生きていけると……。

だが、現実は甘くなかった。

鏡に映《うつ》らなくなった恋人が「自分の顔を忘れそう」と苦笑したり、「知っている人が誰もいない世界ってどんなだろう」と呟くのを目《ま》の当たりにするうちに、流れゆく時の中で彼だけを動けぬ存在にしてしまったのだとようやく気づいた。

負い目を感じたユアンは、敬虔《けいけん》なクリスチャンだった恋人にメダイを贈った。

自分との愛に生きるため、神に背《そむ》いてヴァンパイアとなったカイ。せめて彼だけは救われるようにと願いをこめて、裏にKyrie《主よ》 eleison《憐れみたまえ》と彫りつけた。

それを受け取った時、カイは「ぼくは望んでヴァンパイアになったんだよ」と微笑《ほほえ》んだ。それからまっすぐにユアンを見て、「一生大切にする」と誓ったのだ。

「――あの時の顔が、今も頭から離れない」

語り終えたユアンが目を閉じる。その口ぶりから、不死になったはずの彼の恋人はすでにこの世にいないとなんとなくわかった。

「眷属にしたのに……」

ユアンが弾かれたように顔を上げる。その眼差しは、痛みをこらえるがゆえの鋭さと、どうにもならない現実に対する無言の叫びに塗《まみ》れていた。

ユアンは昂りを押し殺すように低い声で吐き出す。

「殺し方なら、おまえが一番よく知っているだろう」

「な…」

「あいつは摑まって、殺された。ダンピールを作ってまでヴァンパイアを狩ろうとした、国の愚劣な政策によってな」

「………」

言葉もなかった。非人道的な国家政策の犠牲者がここにもいた。

「カイが捕らえられたと知って、あいつをヴァンパイアにしたことをどれだけ後悔したか……。カイが精神的にも肉体的にも、みるみる消耗していくのが手に取るようにわかった」

ヴァンパイアは眷属との繋がりが強い。万が一のことがあれば、気配で察することができるのだという。

「日没から夜明けまで、狂ったように探し続けた。そんな俺を止めたのは仲間たちだ。スレイヤーの活動が活発化する中、万が一のことがあってはと……。この時ほど自分が始祖であることを恨めしいと思ったことはない」

ほんとうなら自分の手で探し出し、救いたかった。手を拱《こまぬ》いている間にも恋人が苦しんでいると思うとたまらなかった。

それからしばらくして、カイが国家機関に幽閉されているとの一報が入った。

ヴァンパイアには手出しのできない場所だ。それでもユアンはあらゆる手を尽くして情報を集め、その結果——残酷な事実が判明した。

捕らえられたヴァンパイアたちは洗脳され、異種交配を強制されているとわかったからだ。

「カイは、人間の女を孕《はら》ませれば恋人の元に帰してやると、くり返し吹きこまれていた」

「おまえがいたのに、そんなことを引き受けたのか……？」

思わず言葉を差し挟む。

ユアンは苦いものを噛み締めるようにきつく眉根を寄せた。

「俺がいたから、だろうな」

いくら吸血衝動を煽られ、朦朧《もうろう》としていたとしても、カイはそれが嘘だとわからないような男ではなかったはずなのに。絶望に追い詰められるうちに冷静な判断ができなくなっていたのだろう。

ユアンの元に戻りたい一心でカイは女性に協力を依頼した。それがキリエの母、マリアだ。彼女もまた子供を産むためだけに強制的に連れてこられた人間だった。

「頭がおかしくなりそうだった。カイが頼んだことであっても、それを引き受けた女が許せなかった。……矛盾《むじゅん》してるのはわかっている。それでカイが無事に逃げてくれていたら、あるいは俺は女に感謝したかもしれない」

カイとマリア、ふたりの間に恋愛感情などなかったとわかっていても、ユアンの心は千々《ちぢ》に乱れた。けれど現実はお構いなしに、時間の経過とともにカイの生気を奪っていく。

一時持ち直したかに思えた恋人は、一転して瀕死《ひんし》の状態に陥った。役目を果たしたヴァンパイアに対する暴力がはじまったのだ。

矢も盾もたまらず飛び出して行こうとするユアンを仲間は必死に止めた。大切な始祖の代わりに自分がと名乗り出るものまで現れはじめた。

けれど彼らは二度と戻ることなく、無残にも討伐されたことを聞いたユアンは、これ以上の犠牲を出すわけにはいかないと自ら立ち上がった。恋人の救出と同胞の仇討ちに敵陣に乗りこもうとした、まさにその時。

「カイの気配が、完全に消えた――――死んだんだ」

「……っ」

ユアンは今、どんな思いで語っているのか。絞り出すような声が胸に刺さった。

国家からすれば、ヴァンパイアになった人間など裏切りものだ。その扱いがどれだけ酷かったかは想像にかたくない。身も心もボロボロになったカイは誰に看取《みと》られることもなく、非業《ひごう》の最期を遂《と》げたという。

とうとう発狂したユアンは自らを無に返そうとしたが、始祖が消えてなくなることを仲間たちは最後まで許さなかった。彼らは説得を試みるとともに、今こそ好機と襲ってくるスレイヤーの杭をその身で受け止め、ユアンを守って消えていった。

カイを助けようとした時と同じだ。ユアンが足掻けば足掻くほど、仲間たちは死んでいく。報復に躍起《やっき》になっているうちに、気がつけば取り返しのつかない事態に陥っていた。正気に戻った時には既に遅く、時を同じくして国家機関の動きが本格化したことでわずかに残っていた仲間までをも奪われた。

深く絶望したユアンはひとり眠りに就いた。愛するもののいない世界でなど、二度と目覚めるつもりはなかったはずだ。

けれど、そのわずか四半世紀後。なにかに引き寄せられるようにして彼は再び目を覚ました。意識が戻った瞬間の悲しみは言い表すこともできないだろう。

「俺がカイを仲間に引きこまなければ、あいつはあんな死に方をしないで済んだ。俺があいつを二度殺したんだ」

一度目はヴァンパイアにした時に。

二度目は助けてやれなかった時に。

まるで血を吐くような告白にキリエは呆然と立ち尽くす。二度殺したというその言葉に、ユアンの苦悩が滲んでいた。

彼は今も、恋人の面影を抱えながら生きているのだろう。

「……」

喉の奥になにかが閊《つか》えたように息苦しくなる。それほどまでにユアンの心を捉《とら》えるカイとはどんな人だったのだろう。会ったこともない父親相手にキリエは複雑な思いを抱かずにはいられなかった。

ガランとした屋敷を思い出す。

その空虚《くうきょ》さが、ユアンの心そのもののように思えてならなかった。

手入れをされていない家はあちこち傷み、書架には今や使われなくなった古語で書かれた本が並ぶ。時の流れから取り残されたこの屋敷で、生涯老いることのない主《あるじ》は、記憶の中でしか会えない恋人を想って生き続けるのだ。罪の意識とともに未来永劫、変わることなく、そして終わることなく。

「俺は自分を赦《ゆる》さない。カイを殺した国の連中も、国に与《くみ》するスレイヤー……、おまえも」

一瞬、ためらうような間があった。

半分恋人の血を引いているキリエをどう扱えばいいのか、彼にも判断できないのだろう。それでもユアンは赦さないと言った。そんなに辛そうな顔をして。

まるで始祖らしくもない。傲慢で、冷徹《れいてつ》で、人を餌としか思わないような男が。

「あ……」

はっとした。

そうだ。自分たちは敵同士なのだ。それを今さらのように思い出し、キリエはひとり愕然とした。

――わたしはなにを、馴れ合うような真似を……。

一緒にいるうちに情が湧《わ》いたとでも言うのか。いけない。こんなことではいけない。相手はヴァンパイアだ。殺すべき相手なのだ。

意を決し、キリエは「それなら」と声を上げた。

「母はどうなる。ヴァンパイアの犠牲になって死んだ」

ヴァンパイアの子を産んだ女性は皆、恐ろしい速さで細胞が蝕《むしば》まれ、若くして老衰で死んでいく。逆に言えば、相手がヴァンパイアでなければ母親は夭逝《ようせつ》せずに済んだ。まったく別の、しあわせな人生を歩んでいたに違いない。

美しかった母が日に日に衰え、伏せる時間が長くなるのが子供心に心配でたまらなかった。自分と同じ銀色の髪は艶を失い、いつしか真っ白になっていた。

それでもマリアは、どんな時でも身形《みなり》をきちんとするようにとキリエに教えた。やがてベッドから起き上がれなくなっても、身支度を整えてからでなければ食事をしようとしなかった。これは病ではないのだからと。

病気でないのならいつ元気になるのと邪気《じゃき》なく問う息子に、母親はキリエが八歳になった日にあることを教えてくれた。

今思えば、自分がもう長くないことを母は知っていたのだろう。その時はじめて、キリエは自分がダンピールであることを知った。

ヴァンパイアとの間の子という意味は、正直キリエにはよくわからなかった。

母親と同じではないのかと問う息子に、マリアは「半分はママ、半分はパパよ」とどこか寂しそうに笑った。父親は死んだと聞かされても特別な感慨《かんがい》はなかったが、父の血が母を苦しめていることが嫌だった。

そんな息子に母は、父を責めてはいけないと首をふった。こうなることははじめからわかっていた。わかっていて約束を引き受けたのだと。言葉にされることはなかったけれど、母が語る父との関係は普通の夫婦のようなものとはどこか違うように思えた。

ならば自分が母を支えるのだと、その一念だけで看病に当たっていたキリエだったけれど、ほんとうは心細くてたまらなかった。だからマリアからペンダントを差し出された時、どうしようもなく身体が震えた。間もなく母は死ぬのだと直感した。

そしてそれが現実となった後は、朧気にしか記憶がない。

あっという間に組織に拉致《らち》され、死を悼む時間すら与えてもらえなかった。悲しみを怒りにねじ曲げるしかキリエには生きるすべがなかった。

冷静に考えれば、ダンピールを作るために母を利用した国そのものを自分は恨むべきかもしれない。けれど、そもそもヴァンパイアがいなければ、それを狩るスレイヤーも必要なかった。ダンピールなど作らずに済んだのだ。

自分の人生はなんだったのだろう。そして母の人生はなんだったのだろう。考えても答えはない。それでも考えてしまうのだ。

長い長い沈黙の後、先に口を開いたのはユアンだった。

「おまえも俺を憎めばいい」

思いがけない言葉に耳を疑う。

「人がヴァンパイアを憎むのは当然のことだ。母親を奪われた恨みを俺で晴らすがいい」

「なぜ」

自分の身に危険が及ぶと承知でそんなことを言うのか。

目で問うキリエに、ユアンはゆっくりと首をふった。

「愛するものを奪われた遺恨《いこん》は決して消えることはない。お互いさまだ」

そんなふうに思うのか。自分と同じように、この男も――。

衝撃のあまり言葉にならない。長い間ひとりで抱えてきた思いを代弁されたかのようだった。

母親を失ってからというもの、この胸に巣食うどうしようもない怒りや虚しさを殺戮《さつりく》に身を投じることでごまかしてきた。

それと同じものが彼の胸にもあるのだとしたら……。

傷を舐め合いたかったわけではない。それでも、ユアンの中にある途方もない闇は、長い間孤独を抱えてきたキリエにとってメダイ以外のはじめての拠り所のように思えた。

宿敵なのに共感してしまう。

共鳴するからこそ赦せない。

――なんなんだ、これは……。

自分で自分がわからない。距離を置きたいのか、近づきたいのか、頭の中がぐちゃぐちゃだ。

この男がペースを乱すからだ。冷酷非情のヴァンパイアとして自分の前に現れたくせに、キリエが恋人の忘れ形見とわかった途端に態度をゆるめ、食事の世話を焼いたりする。人を餌と断じるくせにやさしい顔を見せたりもする。どんどん自分の中を侵蝕してくる。

まるで毒だ。抗《あらが》えもしない。

「……以前、わたしの名を聞いたことがあったな」

はじめて食事をふるまわれた時だ。あの時の、愛おしいものを見るような眼差しが今も頭から離れずにいる。

「キリエという名は、その刻印から母がつけた」

メダイを指すと、ユアンがわずかに目を瞠った。

彼が恋人に贈った祈りの言葉だ。それが巡り巡って時を越え、忘れ形見の名に受け継がれている。

ユアンはそっと目を細め、静かに息を吐き出した。

「そうか。そうだったのか……。血は、そんなものまで繋いでいくんだな」

ヴァンパイアに命の営みは存在しない。死なない代わり、生まれるということがない。だからなにかを受け継ぐという概念もない。

なにより、人の血は彼らの食料だ。空腹を満たす以上の意味などあるわけがない。

だからこそ、ユアンの口からそんな言葉が出たことに驚いた。人間たちの営みを彼が理解するとは思えなかったからだ。

血は人の身体を作る。命の縮図がそこにある。

けれど、決してそれだけではない。血は思いをも受け継ぐのだ。

ユアンの祈りのように。カイの願いのように。母の愛情のように。すべてを、次へ。

「こんなことがあるんだな」

ユアンが絞り出すように呟いた。渦巻《うずま》く思いを押しこめるような姿を見るうちに、キリエはいつしか彼に自分を重ねはじめる。

宿敵であるヴァンパイアとスレイヤー。

互いに憎み合い、殺し合うもののはずなのに、自分たちは根っこのところでよく似ている。彼は恋人への贖罪《しょくざい》のために、自分は母への贖いのために、ひとりきりで生きてきた。それは一生変わらないと思っていた。

それなのに。

馴れ合ってはいけないとわかっているのに、ユアンのことを知れば知るほど、胸の奥がヒリヒリと疼《うず》くようななにかに捕らわれる。これまでこんなふうになることはなかった。誰かに心を乱されることなど今まで一度もなかったのに。

「どうして……」

呟いたのはどちらだったのか。

ねじれた感情に歪む横顔を月が静かに照らしていた。

＊

それからというもの、キリエは暇さえあればユアンのことを考えるようになった。

ヴァンパイアの始祖として闇に君臨《くんりん》する男。

彼がいたからカイはヴァンパイアとなり、マリアと出会い、自分が産まれた。スレイヤーとして育てられたキリエは敵としてユアンと出会い、互いに憎み合いながらも思いがけない繋がりを知った。

自分たちは種の生き残りとして、己《おの》が背負う定めのため、いつかは相手を殺さなければならない。

だが、そんなことをしなくとも、キリエが生きていられるのはあと数十年だ。ダンピールの寿命は人間のそれと変わらない。キリエが老いても、そして死んでも、ユアンは出会った頃となんら変わらぬ姿でこの世に残り続けるだろう。

自分が彼に与えられる影響などその程度だ。現れては消える水面の泡のようなもの。

チクリと胸が痛んだ。

「……ばかばかしい」

すぐさま打ち消すようにキリエは首を横にふる。

そもそも深く関わろうとすること自体が間違っているのだ。ヴァンパイアは殲滅の対象でしかない。

それでもふとした瞬間に、ユアンの遠い眼差しを思い出しては胸がざわついてしまうのだった。

――死なない存在。

くり返すだけの毎日とはいったいどんな感じだろう。今の生活が未来永劫続くとしたら、自分なら虚しさに気が狂ってしまうかもしれない。

誰かと愛し合ったところで、一緒に逝《い》くことすらできないのがヴァンパイアだ。それでも、彼は愛した。カイを仲間に引き入れてからは後悔とともに、失ってからは遺恨とともに。

ヴァンパイアがそんな感情を持っているなんて知らなかった。まるで人間のような……いや、人間以上に人間らしいかもしれない。それでも愛したかったのだろうか。ユアンにとってカイという男は、それほどまでに大きな存在だったのだろうか。

考えれば考えるほどジクジクと胸が疼く。そんな不甲斐ない己をふりきるように、キリエは毅然と顔を上げた。

こんなことを考えてしまうのはユアンのせいだ。彼が必要以上に構ってくるからだ。

スレイヤーであるキリエを赦さないと言ったくせに、自分たちは敵だとあらためて示したくせに、その一方で世話を焼くのをやめようとしない。矛盾していることなど彼もわかっているだろうに。

もともとの生活時間が違うため、本来ならばユアンと顔を合わせることはほとんどない。

けれど彼は、そうすることが当たり前とでも言うように毎晩キリエに夕食を作った。

無論、ヴァンパイアであるユアンは料理を口にしない。気が乗ればワインを呷《あお》る程度だ。それでも、ふたりでテーブルを囲む時間が晩餐《ばんさん》なのだということはキリエにもわかった。

いっそユアンの料理がまずければ、あるいは自分で作れれば、こうはならなかったかもしれない。

食べものに無頓着《むとんちゃく》だったせいで、空腹をごまかすための簡単な料理ひとつできない自分が歯痒《はがゆ》かった。

一度、彼の真似をしてオムレツを作ろうとしたことがある。鉄のフライパンを軽々と操《あやつ》る姿が目に焼きついていたからだ。

だが、見るのとやるのとでは全然違う。でき上がったのは、どう見てもオムレツとは呼べない代物《しろもの》だった。自分の不器用さを見せつけられたようで嫌になる。杭を操ることなら誰にも負けたことなどなかったのに……。

焦《こ》げて形の崩れた卵をため息とともに捨てる。

けれどユアンは意外にも、その残骸《ざんがい》を見て声をかけてきた。

「作りたいなら教えてやろうか」

「……は？」

唐突《とうとつ》にそんなことを言われ、つい剣呑《けんのん》とした声が出る。処分したはずの失敗作を見られただけでも悔しいのに、軽々しく申し出られて癪に障った。

「料理、してみたいんだろう」

「結構だ」

ぴしゃりとはね除《の》ける。

ユアンは腕を捲りながら小さく肩を竦めてみせた。

「料理なんてコツを覚えれば簡単だ。俺だってカイに教わった」

「……え？」

「まぁ、気が向いたら言えばいい。座ってろ。すぐにできる」

包丁を取り出すユアンを見ながら、キリエはただ呆然と立ち尽くす。

そうか。恋人に教わったのか……。

考えてみれば当たり前だ。彼はヴァンパイアなのだから。

食事が必要な恋人の隣で見よう見まねで覚えていったのだろう。野菜の切り方からスープの取り方まで、たっぷりある時間の中でひとつひとつていねいに教わったに違いない。

――食わせることならできたからな。

ユアンの言葉を思い出す。

そういうこと、だったのか……。

料理はユアンなりの愛情表現だったのだ。たとえ自分には必要なくとも、恋人がおいしいと言って食べるのを見守るだけで彼は満たされていたのだろう。

ひとり動揺するキリエをよそに、ユアンが手際よく下拵《したごしら》えをしていく。料理に集中しはじめた彼の意識が自分から離れたのを見て、キリエはようやく席に着いた。

腕のひとふりで烈風を起こす相手とは思えない繊細《せんさい》な仕事ぶりだ。何度見ても飽きることがない。

今夜のメインは魚のようだ。

黄色いパプリカソースを敷いた皿の真ん中に、瑞々《みずみず》しいホワイトアスパラガスが積み上げられる。その上にバターソテーした白身魚とレモンが重ねられ、最後にローズマリーがあしらわれた。窯《かま》で軽く焼き直したパンにはオリーブオイルが添えられ、テーブルの上は俄《にわ》かに華やぐ。

簡単だと言ったとおり、ユアンの手つきには淀《よど》みがなかった。恋人のために何十回、何百回と腕をふるってきた賜《たまもの》だろう。昔の彼が透けて見える気がした。

その頃、ユアンはどんな料理を作っていたのだろう。ふたりはどんな会話を楽しんだのだろうか。

ここにはいないカイのことを考えては、胸の奥がもやもやとなる。意識するなどおかしいと頭ではわかっているのに、どうしても気になってしかたなかった。

目の前に置かれた皿からバターのいい香りが立ち上ってくる。たちまち空腹を刺激されると同時に、引け目のようなものを感じてキリエはそっと唇を噛んだ。

これだって、恋人に教わったメニューだろう。カイもユアンも作れるものを、自分だけが作れない。目の前のおいしそうなソテーを見ていると、焦がして食べる気にもならなかったオムレツがまるでだめな自分のようで一層惨《みじ》めな気持ちになった。

「どうした」

知らず考えに耽っていたのか、声をかけられてはっとする。以前も指摘されたのにこの有様だ。けれどユアンはからかうことはせず、顔を覗きこんできた。

「失敗なんて誰にでもある。そう落ちこむな」

「気安めならいらない」

「まったく、そういうところまでそっくりなんだな。……なぁ、いいことを教えてやろうか。カイは卵料理だけは作らなかったんだ」

ユアンが悪戯《いたずら》をするように口端を上げる。

「しっかりしてるくせに妙なところで不器用だったからな。目玉焼きはいつも焦げたし、オムレツはなぜかスクランブルエッグになったもんだ」

「え…？」

「あれを見て、カイが作ったのかと思った」

昔を懐《なつ》かしんでいるのか、ユアンが遠い目をして笑う。

無防備なその表情に胸の奥がざらりとなった。

ついさっきまでは、ユアンとカイのふたりに対して劣等感のようなものを抱いていた。大きな隔《へだ》たりを感じていた。

それなのに今はどうだ。カイと自分がひと括りのように扱われたにも拘わらず、こみ上げて来るのは疎外感ばかりだ。ユアンの眼差しがやさしくなるほどその思いは強くなった。

「……」

どうしていいかわからなくなり、とっさにカトラリーを取り上げる。白身魚にナイフを入れると、香ばしく焼かれた皮がパリッと小気味いい音を立てた。

目の前に座ったユアンは足を組み、黙ってこちらを見つめている。いつものことなのに今夜はやけに落ち着かず、フォークを持つ手が微《かす》かに震えた。

そのせいだろうか、口の端にソースがついてしまう。

「あぁ、困ったやつだな」

手を伸ばしたユアンに口元を拭《ぬぐ》われたものの、すぐにはなにをされたかわからなかった。

——今、指で……？

ユアンが自分の指をペロリと舐める。まるで恋人にするようなさりげない仕草に、みっともなくも動揺した。

「うまいか？」

問われて顔を上げたものの、なんとなく目を合わせづらくてすぐに皿へ視線を戻す。無言のまま頷《うなず》くキリエに、ユアンはククッと喉奥で笑った。

「少しは口に出して褒《ほ》めろよ」

そう言いつつもまんざらでもないようだ。低く艶《なま》めいた笑い声を聞いているうちに、なんだか落ち着かなくなってしまった。

いったいどうしたというのだろう。彼を見ているだけで、声を聞いているだけで、おかしいくらい鼓動が逸る。

困惑するキリエをよそに、ユアンが椅子を立つ。テーブルを迂回《うかい》してすぐ後ろまでやって来ると、なんの前触れもなしにキリエの銀髪に手を伸ばした。

「な、なにをっ……」

はじめて会った時のように髪を鷲摑みにされるのかと身構えるキリエに、ユアンが小さく首をふる。

「髪が長いと食べにくいだろう」

「え？」

「おとなしくしてろ」

ユアンはそう言うなり、背の中程まであるキリエの髪を器用な手つきで梳《す》きはじめた。

「銀髪は母親似だな」

「父親はこの色じゃなかったか」

「カイはきれいなアッシュブラウンだった。瞳はおまえと同じ琥珀色だ。目の形もよく似てる」

恋人を思い出しているのか、ユアンの声に甘さが混じる。

「よくこうやって結んでやったっけな……」

これまでとは打って変わって大切に扱われ、自分がなにか特別なものになった錯覚に陥った。

まるで、恋人のように。

「……」

合点がいった途端、すうっと血の気が引く。さっきまでの浮き立っていた心は冷たい水を浴びたように惨めに萎《しぼ》んだ。

——そういう、ことか……。

言葉もない。ユアンはキリエではなく、忘れ形見の自分を通してカイを見ていたのだ。

胸を高鳴らせていた自分がばかみたいだ。どんなにやさしい言葉だろうが、それは自分にではなく、今は亡き恋人に向けられたものなのに。

誰かを重ねられることで己の存在が宙に浮くような、どうしようもない疎外感を覚える。

そうする間にもカイを語るユアンの言葉にじわじわとした焦りが募った。

人と深い関わりを持たずに生きてきたキリエにとって、こんな気持ちは味わったことのないものだ。

底の見えない暗い穴に嵌まりこんでいくような途方もない心細さを感じた。

――いけない。

キリエは唇を引き結び、考えを断ち切るように頭をふる。

――忘れるな。わたしはスレイヤーだ。

胸の中で独白し、必死に己を奮い立たせた。

自分の生きる目的はただひとつ。始祖を討ち、母親の仇を取ることだ。己が使命を果たさなければならない。のうのうと敵に飼い慣らされ、いいように利用されてはならない。

自分は恋人を映すための鏡じゃない。

自分はユアンのための道具じゃない。

「……っ」

胸の痛みをこらえ、キリエは食事を再開する。もはや味わう余裕などなく、なにを食べているかもわからないまま、とにかく皿の上のものを平らげた。

「全部食べたか」

ぞんざいな食べ方だったにも拘わらず、ユアンは満足そうに笑う。恋人にするようにやさしく頭を撫でられて、たまらずその手をふり払った。

「……どうした？」

ユアンが顔を覗きこんでくる。他のスレイヤーには決して見せない、キリエがカイの息子でなければ同じように見ることのなかった彼の素顔だ。ユアンがこの状況になんの疑問も持たないことに苛立ちを覚えた。

「恋人は、こんなふうにはしなかったか」

「どうしたんだ、急に」

なにを言っているかわからないとその顔には書いてある。眉を顰《ひそ》めるユアンを見上げながら、これが自分の宿敵なのかと絶望的な気持ちになった。

「明日から食事はいらない」

乱暴に椅子から立つキリエを、ユアンが腕を引いて引き留める。

「急になにを言い出すんだ。またギリギリまで痩せ我慢するつもりか」

「腹に入ればなんでもいい。これまでだってそうしてきた」

「だが」

「いらないと言っている」

にべもなく撥《は》ね除ける。ユアンは怪訝に思ったようだったが、そんなこと構ってはいられなかった。この関係は正さなければならない。敵と馴れ合うなどもってのほかだ。

「こんな茶番はたくさんだ」

身を翻《ひるが》してダイニングを飛び出す。

けれどいくらも行かないうちに、追いかけてきたユアンに腕を摑まれた。

「待て。少し話がしたい」

「話すことなどなにもない」

「どうして突然そんなことを言うんだ」

「貴様には関係ないだろう」

「キリエ」

取りつく島のない押し問答に焦れたのか、ユアンの手に力がこもる。二の腕にめりこむ指に思わず顔を顰めると、彼ははっとしたように手を離した。

気拙《きまず》い沈黙が横たわる。

なにか言わなければ、あるいはすぐに立ち去らねばとわかっているのにそれができない。

ユアンは漆黒の目を眇めながら真正面から見下ろしてきた。

「なぜ、あんなことを言ったんだ」

低く威厳のあるバリトン。

急に態度を変えたキリエに苛立ったのかもしれない。まるで不実を責めるような口ぶりで問われ、胸の中のもやもやがまた一段と大きくなった。

なぜ、だなんて——。

それを問うのか、当の本人が。

そんなこと口が裂けても言いたくない。自分にだってそれぐらいのプライドはある。

まともに話をする気にもなれず、一番言いたいこととは別のことが口を突いて出た。

「茶番劇は終わりだ。わたしをここから出せ」

「どうしたんだ、ほんとうに」

「驚くことはない。我々は敵同士だ」

その瞬間、ユアンの纏《まと》う空気が変わった。

「時を置いてあらためて勝負しろ。わたしのことが殺したいほど憎いんだろう？」

「……」

ユアンは肯定しなかった。ただ目を瞠り、苦渋に顔を歪めるばかりだ。

――そういう、ことか……。

やはり自分の考えは正しかった。

彼はもう自分を殺せなくなっている。恋人の面影を重ねることで身動きが取れなくなっているのだ。その滑稽《こっけい》さに苛立つと同時に、そこまで想われるカイの存在に胸が締めつけられる思いだった。

「俺は――おまえを殺すつもりはない」

「……勝手なものだな」

怒りのあまり声が震える。感情が昂り、頭の中でたくさんの声がうわんうわんと反響した。

「殺すつもりがないならどうしたい。敵を囲いこんで世話をして、おまえはいったいなにがしたい。わたしの自尊心を踏み躙って、それに苦悩する姿でも眺めるつもりか。おまえの優越心を満たすためだけにわたしを生かし続けるつもりか」

「なにを言うんだ。そんなつもりはない」

「だったらなんだ……！」

煮えきらないユアンの答えにキリエはとうとう声を荒げた。

自分は物心ついた頃から始祖を討伐することだけを生きる目的にしてきた。それぐらい、彼に執着してきたと言っていい。

それなのに。

ようやく向き合ったユアンは決してキリエを見ようとせず、死んだ恋人の面影ばかり追いかける。ヴァンパイアにとってスレイヤーは宿敵のはずなのに歯牙にもかけられず、それどころか恋人を映す鏡のように扱われて、悲しいのか、悔しいのか、虚しいのかすらわからなくなった。

「わたしはスレイヤーだ。ヴァンパイアを狩るために作られた国家の犬だ。おまえにこの苦しみがわかるか。人間にもヴァンパイアにもなれず、自分の血の半分を否定しながら生きるものの苦しみが！　化物と呼ばれ、死の恐怖に晒されて、それでも戦い続けなければならないものの苦しみが！」

血を吐く思いで叩きつける。

こんなに思っていても、どれだけ運命を受け入れても、彼は自分とは向き合わない。それどころかヴァンパイアの性《さが》である闘争心さえなくしてしまった。

「……っ」

両のこぶしを握り締める。

これほどまでにユアンを惹《ひ》きつけるカイとはいったいなんなのか。どうやったらユアンの目を自分に向けさせることができるのか。それがわからなくて、腹立たしくて、もどかしくてたまらなかった。

「恋人とは、どんなことをしていた？」

無意識のうちに言葉が出る。一度気持ちの箍《たが》が外れてしまうと、そこから後は堰《せき》を切ったように止まらなくなった。

「わたしをここから出してくれるなら、同じことをしてやってもいい。悪い条件ではないだろう？」

「なにを言ってる」

「ただの取り引きだ」

キリエは言うが早いか、ユアンのシャツを摑んで引き寄せる。タイを無理やり引き下ろし、逞《たくま》しい首筋にそっと唇を押し当てた。

「やめろ」

ドンと突き飛ばされた衝撃で後ろによろめく。そんなキリエを見下ろしながら、ユアンは信じられないと言うように何度も首を横にふった。

「なぜこんなことをする」

「言ったろう、取り引きだ」

「俺は応じない」

「カイは良くて、わたしはだめなのか」

言った瞬間、はっと我に返る。

わたしは今、この男になにを言った。まるで恋人をうらやましがるような口ぶりで――。

「どういう意味だ」

間近に迫る漆黒の双眸には、心の奥まで見透かすような強い光が宿っている。そこに映る自分は動揺し、ひどくみっともない顔をしていた。

――カイは良くて、わたしはだめなのか。

その瞬間、否応なしに気づかされる。

この胸に巣食うのは、ごまかしようもない嫉妬《しっと》だった。

「そんな……」

あまりのことに愕然とする。

ユアンは黙ってこちらを見据えていたが、しばらくすると嘆息とともに姿勢を崩した。

「キリエ」

「……っ」

その声に呼ばれただけで身体中がジンと痺《しび》れる。心臓は壊れたようにドクドクと高鳴り、頭の中が真っ白になった。

「名前を、呼ぶな」

「どうして」

「どうしても」

「理由を言え」

「そんなもの……っ」

強く唇を嚙む。いっそ、この胸にあるもの全部ぶち撒《ま》けてしまえたらいいのに言葉にならない。

「そんなに思い詰めた顔をするもんじゃない」

頰に伸びてきた手に驚いて顔を上げると、ユアンが目を細めて自分を見ていた。

「気が強いのもわがままなのも、ちっとも似ていないのにな」

その目がふっとやさしくなる。

「泣きそうな顔はそっくりだ」

「…………っ」

胸がぎゅうっと苦しくなり、ぶるぶると震えが止まらなくなった。握っていた手を上から包まれ、不覚にも狼狽《うろた》えてしまう。今すぐ離せと言いたいのに言葉はうまく出てこなかった。

――畜生《ちくしょう》……！

いつから自分はこんなに弱くなった。誰のせいでこんなに脆くなった。全部この男のせいだ。そんな目で見るからだ。飼い慣らされ、自分が自分でなくなってしまうことが恐くてたまらないのに、力尽くで引きこんでいく。甘い顔をして、やさしい声をして、うまい言葉で誘き寄せる。その心なんてほんとうは手が届かないほど遠いくせに。

鼻の奥がツンと痛む。

これ以上醜態《しゅうたい》を晒すまいと踵を返そうとしたものの、グイと腕を引かれて広い胸に抱き寄せられる。

全身がユアンの匂いに包まれた途端、こらえていた感情が一気にあふれ出しそうになった。

泣いてなどやるものか。

弱いところなど見せるものか。

涙で暈《ぼや》ける視界を払ってキリエは懸命に睨みつける。

けれど、たった一言で最後の砦《とりで》さえ崩されてしまった。

「我慢、しなくていいんだぞ」

「………………っ」

背中をさする手が誰のためのものなのか自分はもう知っている。

それをはじめて、悔しいと思った。


キリエが自室で籠城《ろうじょう》しはじめて十日が経とうとしている。

その間、徹底してユアンを避けた。

幸か不幸か、相手はヴァンパイアだ。昼の間は顔を合わせることはない。その間にすべての用事を済ませ、彼が目を覚ます前に部屋に鍵をかけて閉じ籠《こ》もる。そうやってひとりで過ごすことで、キリエは束《つか》の間《ま》痛みから遠ざかろうとした。

　恋人への想いの強さを見せつけられるのはたくさんだ。それに打ちのめされる己の弱さを突きつけられるのももうたくさんだ。こんな状態で顔を合わせたらきっと情けない姿を晒してしまう。それだけは耐えられなかった。

　これが自分だなんて……。

　これまで知らなかった自分自身に戸惑うばかりだ。

　一時の感情にふり回されるなんてどうかしていると頭ではわかっているのに、どうにもならない。苛立ちをごまかすように指の関節をギリと噛む。昔からの癖だ。傷痕が残るからと普段はこらえているものの、こんな時は我慢が利かなかった。

　けれど、ほんとうはわかっているのだ。

　ユアンを避け、彼のことを考えないようにしていても、気がつくとあの遠い目を思い出している。そうして静かに絶望するのだ。そのくり返しだった。

　空腹に腹が鳴るたび、はじめて作ってもらったミネストローネに思いを馳《は》せる。あのあたたかな湯気の香り、口の中に広がる野菜の甘み。身体中に染み渡る安心感さえ自分は知ってしまった。

　でもそれももう、忘れなければならない。馴れ合うわけにはいかないのだから――。

　そんなふうに頑なな態度を崩さないキリエにも、それでもユアンはやさしかった。

　梃子《てこ》でも動かない相手をダイニングで待っていても無駄だと悟ったのか、夕食時になるとユアンは部屋まで迎えに来るようになった。

ドアがノックされ、食事ができたから来いと呼ばれるたびに胸が苦しくなる。

――どうせ、恋人に食べさせたいだけのくせに。

そんな言葉をこらえながら、ユアンが立ち去るまでじっと息を殺すばかりの毎日だった。

そうこうするうちに根比《こん》べはさらにエスカレートし、ユアンはとうとう夕食を運ぶようになった。

「ひとりなら気兼ねなく食べられるだろう」と、皿の載ったワゴンを部屋の前に置いていくようになったのだ。

彼はどんな思いでこんなことを続けるのだろう。

「ちゃんと食えよ」と一声かけて去っていく足音を聞くたびに、罪悪感のようなものがこみ上げる。

それでも餌という名の憐憫《れんびん》に食いついたが最後、スレイヤーとしての矜持までバラバラになりそうで、一度も与えられた食事に手をつけたことはなかった。

明け方、ワゴンを片づける音で目を覚ます。

――また、作ったものを無駄にさせた……。

それを申し訳なく思う一方、いつまでこんなことを続けてくれるだろうかと矛盾した期待さえしてしまう。自分でも自分がよくわからない。どうしてそんなふうに思うのか、きちんとした言葉にして考えることはできなかった。

ただ、思うのだ。こうしている間だけは、彼の目を自分に向けられるような気がすると。

その夜も、いつものようにドアが三回ノックされた。

ユアンだ。心臓を直接叩かれているようで、何度聞いてもこの音には慣れない。ビクリと身を竦ませたままキリエは固唾《かたず》を呑んでドアを見つめた。

このままじっとしていれば、そのうち諦めて立ち去るだろう。

だが、今夜はいつもと様子が違った。

もう一度、今度は強くドンドンドン、とドアが叩かれる。それでも応えを返さずにいると、ユアンはとうとう強引に部屋に入ってきた。

「どうして……」

確かに施錠してあったのに。

呆然と呟くキリエをよそに、ユアンはなんでもないことのように言い捨てる。

「俺を誰だと思ってる。これぐらい造作もない」

そうだ。彼はヴァンパイアだ。霧《きり》に姿を変えて鍵穴から入れば――。

合点がいくと同時に、疑問にも思った。どうして彼は今までそうしようとはしなかったのだろう。

なぜ、自分を待つようなことばかりして……。

目の前のユアンを見上げ、キリエはわずかに眉を寄せる。

十日ぶりに見る彼の顔には深い疲労の色が浮かんでいた。……無理もない。毎日こんな状態では疲《ひ》弊《へい》もしよう。自分がそうさせているのだと思うと言葉もなかった。

目を伏せたキリエを具合が悪いと思ったのか、ユアンが確かめるように顔を覗きこんでくる。

「今夜は食べられそうか」

慮《おもんぱか》るような声音に後ろめたさがこみ上げ、首をふると、頭上から小さな嘆息が降った。

「食事を抜くのは身体に毒だ」

「ほしくない」

「そう言ってもう十日も経つだろう。いくらなんでも無茶しすぎだ」

おだやかな口調から、ユアンが本気で心配してくれているのが伝わってくる。

彼の善意を無駄にしたのに。何度も冷たくあしらったのに。

そんな自分を、まだ気にかけてくれるのか……。

考えれば考えるほど、自分がしたことへの罪悪感で頭の中がぐるぐるとなる。それでも、こんなふうに心を砕《くだ》いてくれるのを見てうれしくないはずがなかった。

ユアンの大きな手が伸びてきて、頰を包まれる。慈《いつく》しむようにゆっくりと撫でられ、確かめられて、心臓がトクトクと早鐘《はやがね》を打ちはじめた。

なんだ、これは……。

どうして自分はこんなふうになるのだろう。感じているのは困惑でしかないのに、ユアンの手をふり払うことができない。後ろめたさのせいでないことはなんとなく気づいていた。

それなら、なぜ……。

戸惑いに睫を震わせながらキリエはそろそろと顔を上げる。

だが、ユアンの眼差しに気づいた瞬間、身体が強張るのが自分でもわかった。彼の伏せた目は自分ではなく、ペンダントを見ているように思えたからだ。

「――」

そう、だったな………。

咽喉を下げようとして、いつの間にか喉がカラカラに渇《かわ》いていたことを知る。それでも懸命に飲みこもうとすると、引き攣れたように喉奥が痛んだ。

まるで、現実を受け止めたくないと言うかのように。

――ばかな。

ズキリとした痛みに顔を歪める。

わかっていたことだ。そう。最初から全部、わかっていたことだ。なにもかもが虚しくなる。胸の高鳴りなどもはやなく、ズキズキとした棘《とげ》のような痛みだけがそこに残った。

それでも情けないところなんて見せたくなくて、キリエは奥歯を噛み締める。腹に力を入れ、足を踏み締め、せめて外見を取り繕《つくろ》った。

「わたしに構うな。昼間は食べている」

今度はユアンが顔を顰める番だった。

貯蔵庫の中身を把握している彼からすれば、それが方便であることなどお見通しだろう。調理せずに食べられるものが潤沢《じゅんたく》に揃えてあるならまだしも、蓄《たくわ》えのほとんどは保存食だ。キリエがそれらに手をつけることはまずなかった。

「林檎《りんご》一個齧ったところでどれだけ栄養が摂《と》れると思ってるんだ。……いいか、おまえに必要なのはバランスの取れた食事なんだ。これ以上おかしな意地を張るな」

「ヴァンパイアがそれを言うのか」

「誰のせいだ。見ろ、腕だってこんなに細いままで」

そう言って袖を捲られる。逞しいユアンの腕に比べるとヒョロヒョロとした自分の腕は頼りなく、ひどく不格好なものに見えた。

「やめろ」

とっさに腕を払い除ける。

ユアンは気分を害した様子もなく、やれやれと嘆息した。

「どれだけまずいと言ってもいいから、血色が戻るまでまずは腹に入れろ。話はそれからだ」

廊下に置いてあるワゴンを取りにユアンが踵を返す。

——わたしは、カイではない。

その背中に向かって心の中で訴えた。

自分は、彼の死に別れた恋人ではない。血をわけた別の生きものだ。それなのに、どうして……。

「わたしの血でも呑むつもりか」

気づいた時には呟いていた。

ユアンはわずかに肩を震わせ、ゆっくりとふり返る。自分で発した言葉ながらようやく意味を理解したキリエは、妙な高揚感に包まれるまま言葉を続けた。

「わたしを屋敷に閉じこめたのは、餌にしようというわけか」

「ばかを言うな。そんなことをする気はない」

きっぱりと否定される。その顔はなぜか怒っているようにも見えて、胸の奥がざわっとなった。

敵なのに殺さないのか。

ヴァンパイアなのに喰《く》らわないのか。

――わたしだから、いらないのか……。

ユアンはかつて、最愛の人の生き血を啜《すす》った。不死の仲間にすることで互いを永遠に手に入れようとした。

それなのに。

忘れ形見の自分に恋人の姿を重ねているくせに、彼はこの身体から血を奪うことは決してしない。

自分が本物ではないからだ。外側だけがよく似た紛《まが》いものだからだ。

「……そう、か」

唇を噛み、胸の痛みを遣り過ごす。

落ち着けと心の中で何度も自分に言い聞かせた。

今さらなにを動じることがある。この男が自分の心配などするわけがない。自分たちは敵同士だ。たとえ牙を向けなくなったとしても、ユアンがスレイヤーを憎んでいることには変わりないだろう。彼が気にかけるのは自分ではない。恋人の面影、それだけなのだ。

制御《せいぎょ》できない苛立ちと焦りで頭の中に靄《もや》がかかる。それでいて、どこか冷静な自分もいた。

「嬲り殺すために連れてきたはずだったのにな。飼い殺しというわけか」

ユアンの顔色が変わる。

「ヴァンパイアの始祖が聞いて呆れる。そうやってまたお得意の美学でも持ち出すつもりか。憐れみなんて願い下げだ」

もはや言葉を選ぶ余裕もなかった。

ユアンの眉間にみるみる深い皺が刻まれていく。

「俺が憐れみなんかでこんなことをするとでも思うのか」

声は低く凄《すご》みがあり、苛立ちが透けて見える。

だからこそ、怒りの奥にあるものを探らずにはいられなかった。

「だったらなんだ。恋人ごっこの続きでもするか」

「なんだと」

そんなことを言われるとは思ってもいなかったのだろう。なにかをこらえるようにきつく奥歯を噛み締める音がしたかと思うと、ユアンは何度も首を横にふった。

「できるわけないだろう」

「どうして」

「そんなの決まってる。……おまえは、カイじゃない」

今度はキリエが言葉を失う番だった。

――わたしは、なにを期待した………？

両目を見開いたままその場から動けなくなる。

自分は今、ひどくみっともない顔をしているだろう。この男の前ではいつもそうだ。使命を果たせず、理性も保てず、情けないところばかりを晒している。感情的になるなんてこれまでの自分では考えられなかったけれど、それすらも抑《おさ》えられなくなりつつあった。

「もう寝る。出ていってくれ」

無理やりに話を切り上げる。

けれど背を向けるや、後ろから伸びてきた逞しい腕にあっという間に抱き締められた。

「なっ、なんの真似だ」

ユアンは答えない。答えない代わりに、ますます腕の力を強くする。

このままでは浅ましくも早鐘のような鼓動が聞こえてしまいそうで、なんとかしなければと必死に身を捩った時だった。

「カイじゃない。……そんなことは、わかっている」

呻くように吐き出された言葉に、頭の芯がすうっと冷えた。

怒りのあまり息ができない。混乱の極みに放り出されると人はこんなふうになるのだと身をもって知らされる。感情の昂りに理性がついていかず、代わりに目の奥がじわりと熱くなった。

カイじゃない。

だからどうした。

そんなこと知っていたくせに。はじめからわかっていたくせに。それでも自分に恋人を重ねたのはユアンの方だ。勝手に身代わりにして、勝手に失望して、そしてそれを押しつけて、どれだけ人の心を踏み躙れば気が済むというのか。

目の前にいるのはスレイヤーだ。ヴァンパイアを狩るために作られた国家の犬だ。恋人を奪われた積年の恨みをキリエで晴らそうとするならそれでよかった。自分に向き合ってくれるならそれだけでよかった。

それでも。

ユアンはこちらを見ようともしない。

あれこれと世話を焼き、構ってくるくせに、結局はキリエを通してカイのことしか見ていない。ここにはいない、この世のどこにも存在しない、思い出の中の恋人と擬似的《ぎじてき》な関わりを持ちたいだけだ。

こんな侮辱なんて他になかった。

あの笑顔はなんだったんだ。あのやさしさはなんだったんだ。頭の中がぐるぐると回る。悔しいという感情さえ憎しみに真っ黒に塗り潰された。

「そうだ。わたしはカイじゃない。大切にすべき相手じゃない」

向き直り、ユアンの胸を突き放す。

「わたしを殺すためにここに連れてきたのだろう。手を下すでなく、餓えさせるでもなく、おまえはいったいなにがしたい。敵を飼い慣らすのはそんなに愉しいか」

「なにを言うんだ」

「国の犬にだって感情ぐらいある！」

腹の底から声が出る。怒りを抑えていられなかった。

「わたしがなにも感じないとでも思ったか。……これが新手《あらて》の拷問《ごうもん》なら見上げたものだ。生きながら殺される苦痛に手も足も出ない」

文字どおり、自分という存在を消されていく日々。こんなものに耐え続けられるわけがない。

父親譲りの琥珀色の目を眇め、キリエはまっすぐにドアを指した。

「出ていけ。そして、わたしが死ぬまで二度とここには入ってくるな」

「なっ……」

二の句を継ごうとするユアンを制し、畳みかける。

「冷たくなったわたしを見て嗤うがいい」

「そんなことできるわけないだろう」

「まだ嬲り足らないのか」

「話を聞け」

「もうたくさんだ！」

目を閉じ、身体を丸めてキリエは叫んだ。

これ以上惨めな気持ちにさせられるくらいなら、いっそ自分の手で死ぬしかない。

「……恋人との、思い出だったな」

大切にしていたペンダントを首から外し、ためらうことなく投げつけた。

「くれてやる」

「これはおまえの……」

「もういい。どうせ死ぬ身だ」

腰のホルスターから杭を引き抜き、尖《とが》った切っ先を自分に向ける。

そこでようやくキリエの意図を察したユアンが目の色を変えて腕を摑んできた。

「なにをする気だ」

「わたしに構うな。自分で始末をつけるまでだ」

「ふざけるな！」

怒号《どごう》とともに手の中の杭が薙ぎ払われる。

「どうして命を粗末にしようとする。もっと自分を大切にしてくれ」

「わたしが忘れ形見だからか」

「……っ」

答えはなかった。答えないことが彼の答えだった。それでもなにか言おうと口を開きかけては閉じるユアンを見ているうちに、胸の中が苦いものでいっぱいになる。

――否定なんて、できないくせに。

わかっていた。だから聞いた。嘘でも否定してくれたらと、そんなばかなことを思って。

「恋人を殺した国の連中を憎んでいたくせに。わたしを憎んでいたくせに。それなのに、カイを取るのか。おまえにとってわたしは憎む価値すらないものなのか」

「やめろ」

再びユアンに抱き竦められる。その腕の力が強ければ強いほど、悔しくて悔しくて気が狂いそうになった。

カイじゃない。

わたしはカイじゃない。

わたしはキリエだ。

ユアンにとって唯一の敵だ。

「わたしを憎め！　わたしを殺せ！」

それだけでいい。それだけでいいから。

暴れる身体を抱き締める腕に力がこもる。

「おまえのことはもう、ただの敵とは思っていない。殺せるわけなんてないだろう……！」

それを聞いた瞬間、キリエの中でなにかが壊れた。

つまり、それだけの価値もなくなってしまったということだ。彼にとって自分は、真剣勝負の刃《やいば》を交える対象ですらなくなってしまった。

「……わたしは、ほんとうに……身代わりでしかなかったんだな……」

言葉にしたが最後、頭をガンと殴られたような衝撃に打ちのめされる。スレイヤーであることすら、なんの意味もないものになってしまった。恋人の影を重ねることでしか必要とされない存在になってしまった。

なんて愚かだったのだろう。ただの身代わりでしかなかったくせに、それでも自分を見てほしいと思っていたなんて。過去に嫉妬し、今なお過去に囚われる男に苛立つうちに、気づけばどうしようもないほど惹かれていたなんて。こんなばかな話はない。こんな惨めな話はなかった。

「キリエ」

「……っ」

名を呼ばれただけで全身の血が逆流しそうになる。それは怒りのせいか、それともこの期《ご》に及んでうれしいと思ってしまうためなのか、自分でももうわからなかった。わかりたくなかった。

「身代わりの名など呼ぶな」

「違う。俺は……」

「もう嫌だ。たくさんだ」

「キリエ！」

「身代わりになんてやさしくするな！」

叫んだ瞬間、熱いもので唇を塞がれる。

ユアンにくちづけられているのだと気づいた瞬間、頭の中が真っ白になった。

どうして。

カイじゃない。

わたしはカイじゃないのに――。

「んっ……、ぅ……っ」

乱暴に顎を摑まれ、無理やり口をこじ開けられて性急に口内を犯される。喉奥深くまで舌を差しこまれて身体が条件反射的に嘔吐《えず》いた。

だがユアンはそれさえ許さない。縮こまるキリエの舌を無理やり引きずり出すなり、思うさまきつく吸い上げた。

「……、っ……」

息が苦しくて、恐ろしくて、胸が痛くてたまらない。征服欲を満たすだけの乱暴なキスに、このまま死んでしまいたいとさえ思った。

しばらくすると、触れられた時と同様、唐突に唇が離れていく。

息を吸った途端、空気に喉の奥を刺激されキリエは激しく咽せこんだ。背を丸めて咳きこむ頬を涙がぼろぼろと零《こぼ》れていく。口を押さえ、胸を掻き毟《むし》りながら、ひとつの結論に辿り着いた。

これは制裁だったのだ、と。

ただの慰みものだからあんなキスをされたのだ。自分は身代わりにすらなれない。

愕然としながらユアンを見上げる。その顔に後ろめたいものが浮かんでいるのを見つけ、とうとう心が音を立てて割れた。

「出ていけ。おまえの顔など見たくもない……！」

腕で顔を覆いながら吐き捨てる。今さらだとわかっていても、こんな涙など見られたくなかった。

「……すまなかった」

詫びの言葉を残してユアンが出ていく。

残り香が、自分に許されたすべてだと知った。

＊

建てつけの悪い窓を開ける、ギギ…という音がする。

ベッドに腰かけ、なにをするともなしにぼんやりしていたキリエは、大広間の方から聞こえてくる耳障りな軋みにつられて顔を上げた。

あの日以来、ユアンは毎晩出かけるようになった。

恐らく今夜も狩りに行くのだろう。

ヴァンパイアは、目覚めたばかりの時こそ喉の乾きを訴えるものだが、長い間生きるうちに処世術として身体が飢餓《きが》状態に慣れていき、始祖ともなればごくたまに血を啜るだけで生きられるようになると聞いたことがある。

自分を屋敷に連れてくる直前にふたりの人間を襲ったことを考えれば、今ユアンに吸血衝動が起きているとは考えにくかった。

つまり、腹が減ったから出かけているわけではない。

――だったら、どうして……。

考えても詮ないこととわかっていても、それでも思い巡らせてしまう。窓を開ける音を聞くたびに落ち着かない気持ちになった。

キリエは意を決してベッドを降り、部屋を出て大広間へ向かう。

どんな理由があるにせよ、ヴァンパイアの目的はただひとつ――人の生き血を啜ることだ。スレイヤーとして不幸な犠牲者が出るのをみすみす見逃すわけにはいかない。

大広間のドアを開けると、今まさにユアンがバルコニーから飛び立とうとしているところだった。

「また狩りに行くつもりか」

後ろから声をかけたキリエに、ユアンが肩越しにふり返る。

「俺の顔など見たくないんじゃなかったのか」

「……っ」

慰みものとして扱われた夜のことが甦る。それでも、スレイヤーとしての意地でキリエは再び口を開いた。

「無闇に人が襲われるというなら見過ごすわけにはいかない」

「どうしようと俺の勝手だ」

ユアンはそう言い捨てるなり、バルコニーの柵《さく》に手をかける。

すぐにでもふりきって出ていってしまいそうな様子に、キリエはとっさにユアンの腕を摑んだ。

「待て。喉が渇いているわけでもないくせに」

「うるさい。俺に構うな」

「ユアン」

なおも追い縋ろうとしたところを力任せに払い除けられ、強《したた》かに肩を打ちつける。

「……っ」

それを見たユアンはなぜか苦しげに顔を歪めた。

キリエは肩を押さえながら立ち上がる。

「なぜ、自分から危険に飛びこむような真似をする。外ではスレイヤーたちが躍起になっておまえのことを探しているんだぞ」

「だからこそ、だな」

「……え？」

それは、どういう意味だ。

目で問うものの、ユアンはそれ以上は語らない。ただ黙って暗闇を見つめるばかりだ。その眼差しはここではないどこか遠くを見ているようで、言葉をかけることができなかった。

ユアンは漆黒のマントを翻し、闇に向かって飛び立っていく。

その孤独な背中を見送りながら、キリエはそっと唇を噛んだ。

——自棄《やけ》に、なっているのかもしれない。

自分と間違いを犯したことで枷《かせ》が外れてしまったんだろう。恋人への贖罪のために生きてきたのに、不幸にも慰みものと一線を越えてしまい、恋人との純粋な愛を汚してしまったことへの罪悪感でいっぱいになっているに違いない。

もやもやとしたものを抱えたまま部屋に戻る。しかたなくベッドに入ったものの、やはりすぐには寝つけず、キリエは何度も寝返りを打ってはため息をついた。

どれくらいそうしていただろうか。

ふと、窓を打つ小さな音に我に返った。雨だ。雨が降ってきたのだ。そういえばこのところ天候が不安定なのか、昼間にも激しく降る時がある。見守っている間にも雨脚はどんどん強くなっていき、とうとう雷《かみなり》を伴う嵐となった。

――大丈夫なんだろうか……。

つい、そんなことを考えてしまう。敵の心配をするなんておかしいとわかっているけれど、叩きつけるような雨の中で彼がどうしているのかが気になった。

その時、遠くの空が眩《まばゆ》く光る。

一拍遅れて、闇を裂く雷鳴が轟《とどろ》いた。

「……っ」

鞭《むち》打ち刑を思わせる音に、キリエはベッドの中で息を殺す。どんな戦いも恐れない自分が唯一恐怖を覚えるのが雷なのだ。

一本鞭がヒュンと空を切る音が今も耳から離れない。仕組まれた子供に言うことを聞かせるため、教官たちが特に好んで用いた拷問道具のひとつだった。

『なにをしている。早く立て！』

『待って。怪我が……せめて手当てを……』

『おまえらに手当てなど必要ないだろう。この化物め』

脳裏に悪夢のような日々が甦る。

国を守るためのスレイヤー育成と、目的こそ大層なものだったが、組織による訓練はただの暴力でしかなかった。ダンピールはスレイヤーとして重宝《ちょうほう》される存在であったものの、忌《い》むべき血を引く子供として裏では侮蔑の対象だった。

教官の、おぞましいものを見るような目を今でもはっきりと覚えている。目つきが反抗的だという主観的な理由だけで皮膚《ひふ》が裂けるまで背中を打たれた。

激烈な痛み、教官の罵声《ばせい》、こらえようとも洩れる嗚咽《おえつ》——スレイヤーとなったことで訓練場から離れ、それらはいつしか記憶の片隅に追い遣られたけれど、それでも忘れられるものではなかった。

雷が鳴るといつもこんなふうに思い出してしまう。だから嵐の夜は苦手だった。

頭からブランケットを被り、身体を丸める。

午前二時を少し回った頃だろうか。ドサリという音で目が覚めた。

「ん……」

いつの間にか眠っていたらしい。

身体を起こしながら周囲を窺う。雨が降り続いているせいか気温は低く、キリエは白い息を吐きながらぶるりと身を震わせた。

さっきの音はなんだったのだろう。

暴風のせいで屋敷のどこかが損壊したのだろうか。それにしてはやけに鈍い音だった。まるで床になにかが倒れたような——。

「……！」

キリエは靴も履《は》かずに飛び出した。

こんな時は廊下がやけに長く感じる。大広間のドアを開けると案の定、ユアンが床に倒れていた。

――嘘だろう……！

一瞬にして血の気が下がる。

バルコニーからは点々と水滴が続き、彼の身体の周りにも小さな水溜まりを作っていた。

それが血の海に見えて頭の中が真っ白になる。急いで抱き起こすもののユアンはぐったりしていて意識がなく、彼が這々《ほうほう》の体《てい》でここまで辿り着いたことを教えていた。

「だから……」

髪も身体もぐっしょり濡れて、どこも氷のように冷たい。彼がヴァンパイアでなかったらとっくに死んでいるところだ。

「だから言っただろう！」

どんなに詰《なじ》っても応えはない。一刻も早くなんとかしなければ。

「……くっ」

意を決し、自分よりひと回りも大きい身体を寝床へ運ぼうとしたものの、廊下に連れ出すだけで息が切れた。これでは地下室に運ぶのは難しそうだ。それどころか階段を降りることさえできそうにない。かといって、このまま冷たい床の上に放置する気にもなれなかった。

「……屋敷の中で行き倒れられるのは迷惑だからな」

いつか彼が自分に言った言葉だ。

腹を括ったキリエは、来た時の何倍もの時間をかけてユアンを自分の部屋へと運んだ。

そうして、やっとの思いで辿り着いた自室のベッドに冷たい身体を横たえる。幾重《いくえ》にも重ねられた服は水気を吸って重く貼りつき、包《くる》みボタンをひとつひとつ外すだけでも相当に骨が折れた。

外套を脱がせ、ベストの前を開け、ようやく首のタイも取る。濡れた身体を拭いてやろうと喉元を露《あら》わにした瞬間――目に飛びこんできたペンダントに息を呑んだ。あの日自分が投げつけたものを、彼はずっと身につけていたのだ。

当然だ。考えるまでもない。彼の心は今も、恋人だけのものなのだから――。

「……そう、か。そうだったな……」

押し殺した声で呟くなり、己の感情をふりきるようにキリエは手を動かしはじめる。濡れそぼった髪を拭いてやり、ゆったりしたシャツに着替えさせると、小さな木の椅子を持ってきてベッドの横に腰を下ろした。

カーテンの向こうでは窓ガラスが強風にガタガタと鳴っている。必死になっているうちに雷はどこかへ行ってしまったようだ。それでも、地面を打ちつける雨音は当分の間やみそうになかった。

真っ暗な世界。

本来ならば一番の活動時間だろうに、ユアンは昏々《こんこん》と眠るばかりだ。

ユアンになにがあったというのか。出がけに自分を払い除けたような、ピリピリとした空気は今の彼からは感じられない。

――今なら、やれるかもしれない……。

ごくりと喉が鳴った。

魔が差す、というのはこういうことを言うのだろう。脳裏を過ぎった考えに全身がぶるりと震えた。ずぶ濡れで帰ってきた彼を見た時はなんとかしなければと焦ったくせに、恋人への想いの強さを目の当たりにした途端、こうも簡単に手のひらを返す。まるで子供の独占欲だ。手に入らないなら壊してしまおうとするなんて。

自分はなんて醜《みにく》い生きものなのだろう。討伐することで彼の未来を奪おうとしている。過去も現在も手に入らないのなら、せめてその未来だけでもと渇望《かつぼう》している。

だがもう、それしかない。そうすることでしか満たせない。彼を殺して自分も死のう。このどうにもならない想いとともにすべてを灰にしてしまおう。

キリエは目を閉じ、静かに深呼吸をした。

ヴァンパイアを討伐するにはサンザシの杭が必要だ。ユアンには何度も試したが、そのたびに返り討ちに遭《あ》ってきた。まるで目に見えないなにかに弾かれるように。

はっとして目を瞠る。

「そういう、ことか……」

シールドだ。

屋敷を覆い隠したように、ユアン自身にも二重にシールドをかけていたに違いない。他のヴァンパイアにはできない芸当も始祖なら朝飯前だろう。だから彼はスレイヤーのキリエをここに連れてくることができたのだ。どんなに攻撃されようとも、シールドがあれば決して討伐されることはない。

そういえば、地下室の入口にもシールドがあった。

ドアに触れようとして、手を弾き返されたことを思い出す。恐らくユアンは眠っている間は負担の大きい自身のシールドを解く代わりに、地下室の入口にバリアを張って身を守っていたのだろう。

ということは、つまり――。

意識のない今ならば、心臓をひと突きにできるということだ。

サイドテーブルのホルスターが目に入った。そこまではほんの数歩。杭を取り出し、狙いを定め、左胸に打ちこむイメージが頭の中で再生される。

――それがおまえの使命だ。殺せ。

どこからか、この場にいるはずのない教官の声まで聞こえてきた。わかっている、それが幻聴なのだということも。それでもこんな嵐の夜はあの頃のことが甦ってしまう。

キリエは声に従うままふらりと椅子から立ち上がった。

杭の感触に武者震いが起こる。静かにベッドをふり返ると、ユアンは己の行いを悔いるかのように苦悶《くもん》の表情を浮かべていた。

「ユアン……」

傲慢で、冷酷で、途方もない孤独を抱えた男。ただひとり愛した人間を忘れることができず、その贖罪のためだけに終わらぬ生を生きる男。

人を餌と呼び、殺すことになんのためらいも持たなかったくせに、忘れ形見の自分と出会い、己の中に生まれた矛盾に苦しんだ。食事を作り、世話を焼き、まるで人間のように接してきた。

その男らしい風貌も、強引なやり方も、時折垣間見せるやさしさも、なにもかもがすっかり自分をおかしくさせた。おだやかな眼差しが誰を見ているかなど百も承知で、それでも自分を見てほしいと願ってしまった。せめて敵同士で在りたかった。それすらも叶わなかった。いつの間にか強く焦がれ、どうしようもないほど惹かれてしまった。

土砂降りの雨が葬歌《そうか》のように響き渡る。

こみ上げる激情のままにキリエは顔を歪めた。

「わたしたちは、出会わなければ良かったな」

そうすれば互いの寂しさも、虚しさも、どうしようもない衝動さえわかち合うことはなかった。

けれど過去は変えられない。

負の連鎖《れんさ》はこの手で断ち切るしかない。

「さよなら、ユアン」

ゆっくりと杭を持ち上げる。ひと思いにふり下ろそうとした時だった。

「…………キ、リエ……」

「……！」

全身がビクリと強張る。譫言《うわごと》だ。譫言で自分を呼んでいるのだ。

――なぜ、わたしなど……。

心臓が狂ったように早鐘を打ちはじめる。

なぜ、身代わりにもなれなかったものの名など呼ぶのだ。こんな時、傍《そば》にいてほしいのは自分ではないはずなのに。

「キリエ……すまない…………」

懺悔《ざんげ》の声。引き絞られるように胸が痛み、キリエは何度も何度も首をふった。

――なにを謝ることがある。こんな自分に。敵にすらなれなかった自分に。

ぶるぶると震える手から杭が滑り落ちる。

そのはずみで、ユアンがふっと目を覚ました。

漆黒の瞳がゆっくりとこちらに向けられる。シーツに転がった杭を見たユアンは、すべてを悟ったように目を細めた。

「なにをためらう」

「……！」

討伐を受け入れるような発言に肌が粟立《あわだ》つ。昏睡していた時とは打って変わって、ユアンの顔には達観したようなおだやかな表情が浮かんでいた。

どうしてそんな顔をするんだ。どうして落ち着いていられるんだ。

わけのわからない焦燥に駆られる。

静かに上体《じょうたい》を起こしたユアンは杭を取り上げ、あろうことか、それを震えるキリエの手に握らせた。

「もう、気づいてるんだろう。今俺を守るものはなにもない。これで心臓を貫ける」

「な…」

頭の中で警鐘が鳴る。これ以上踏みこんではいけないと告げている。淡々と語る声が恐くて首をふり続けるキリエを宥《なだ》めるように、ユアンは静かに微笑んだ。

「思いつきで言っているわけじゃない。ずっと考えていたんだ。……ようやく覚悟ができた。俺を、消してくれ」

「な、ん……」

そんなのおかしい。そんなのあり得ない。恋人への贖罪のために生きていたはずだ。自分は決して赦されてはいけないと言っていたのに。

「俺は、カイを裏切ってしまったから」

「――――」

その瞬間、息が止まった。

たった一度の過《あやま》ちを消滅をもって償おうというのだ。

ヴァンパイアは討伐されたが最後、二度と生まれ変わることはない。灰となって宙に舞い、未来永劫塵と化す。それでも彼は消してくれと言う。キリエに触れることで穢れてしまった愛を、もう一度清めようとするかのように。

——そう、か……。

今度こそ、ほんとうにわかった。彼の想いがどれだけ深いものだったのか。自分では決してユアンを手に入れることはできないのだということも。

こんなに近くにいるのに、今ほど彼を遠いと思ったことはない。

愕然とするキリエを宥めるように、ユアンはゆっくりと首をふった。

「そう難しい顔をするな。どのみち、俺は長くはもたない」

「どういう意味だ」

「すっかり腰抜けになってしまったんだ。……笑っていい。ヴァンパイアのくせに人を襲うことすらためらうなんて」

思わず耳を疑う。本能に従って生きるヴァンパイアの口から出たとは思えない、俄かには信じがたい告白だった。どうりで彼の纏う気配がどこか希薄だったわけだ。

だが、このままでは徒《いたずら》に苦しむだけだ。死なない代わり、決して楽になる方法もない。

「もう、人間をただの餌として見られなくなった。そう言えばわかるか」

「どうして……」

ヴァンパイアは人の血を啜る生きものだ。そうすることでしか生きられないからだ。人間を餌と思えなければ生きるすべはない。いったいユアンにどんな心境の変化があったというのか、キリエは戸惑うばかりだった。

「誰にだって大切な相手はいる。俺がひとりの血を啜ることで、ふたりの人間を引き裂いてしまう」

「どうしてそんな、人間のようなことを言う」

ユアンは答えることなく、ただ黙って手を伸ばしてくる。

聞きわけのない子供にするように大きな手で何度も頬を撫でられ、やさしく包まれて、こんな時だというのに胸がぎゅっと苦しくなった。

どうしてこんなことをするんだ。どうして、わたしなんかに……。

名残《なごり》を惜しむかのようにもう一度頬をひと撫でした手は、やがて力なくシーツに落ちた。

「俺は、生きていてはいけない。もうこれ以上……誰も傷つけてはならない」

俺がいる限り、不幸は続いていくのだから――。

絞り出された言葉は懺悔のようであり、救いを求める祈りにも思える。遠い目をする横顔には深い諦念《ていねん》が浮かんでいた。

「人間なんてたかだか数十年しか生きられない、ヴァンパイアのための餌だと思っていた。今考えれば傲慢な話だ。だがカイを殺されてからの俺は、人間を憎むことでしか正気を保てなかった」

国家機関に恋人を奪われ、スレイヤーたちに仲間を殺され、毎日気が狂いそうだった。

「復讐《ふくしゅう》することばかり考えていた。国家の役人もスレイヤーも、何人殺したかなんて覚えてもいない。血を抜き取ってやったやつもいたし、塵にしてやったやつもいた。毎日のように殺戮に明け暮れた。そうしている間だけは仇を討てたような気がしていたんだ」

言われていることは恐ろしいのに、その気持ちはキリエにもわかる。自分も同じだったからだ。

ダンピールの定めを負い、母への贖いのため、どうしようもない孤独を紛らわせるために来る日も来る日も戦いに己を駆り立ててきた。敵に向かっている時だけは余計なことを考えずにいられた。

「だが、そうする間にもヴァンパイアはどんどん消されていった。あれほどいた仲間がひとり減り、ふたり減り……そうするうちに、今では俺ひとりになってしまった」

ヴァンパイアの歴史はユアンからはじまった。その始祖が最後まで生き残るなんて皮肉な話だ。

「仲間が俺を守ったんだ。俺が死ねば全員が消えてしまうからと。あいつらを盾にしたようなものだ。俺がしてやれることなんてなにもないのに」

「ユアン……」

彼の胸の中にはいったいどれほどの葛藤《かっとう》があったのだろう。

ユアンは一度言葉を切り、こちらを向いて目を細めた。

「おまえの名前の話を聞いた時、人間というのはすごいものだと思った。血を受け継いでいくことで、形見を、名前を、そして思いまでも繋いでいくんだからな……。そんなことは俺たちにはできない。消されたらそれで終わり。永遠にひとりだ」

――血は、そんなものまで繋いでいくんだな。

あの時のユアンの言葉が甦る。

彼はそんなことを思っていたのか。この名の由来を教えた時から。

「俺が存在する限り、またおまえのような不幸な子供が生まれてしまうかもしれない。おまえの母親のように、カイのように、人生を台無しにさせてしまうかもしれない。己の贖罪のために生き続けてきたが、それは間違いだったんだ。俺は生きていてはいけない。俺は死ななければならないんだ」

「待て、ユアン」

「終わりにしたい。俺を殺してくれ」

嫌だ……！

とっさに口を突いて出そうになる。さっきまでその胸に杭を突き立てようとしていたことも忘れ、キリエは懸命に首をふった。

「俺を殺すことでおまえの生きる目的が叶う。迷うことはない」

――殺せ。

再び教官の声が聞こえてくる。

目の前には無抵抗な始祖、手にはサンザシの杭。これだけの条件が揃っていれば、確実に心臓を貫くことができるだろう。これは千載一遇《せんざいいちぐう》のチャンスだ。自分でもよくわかっていた。

それでも、どうしてもできない。ユアンが夢の中で自分を呼んだ、たったそれだけのことがどうしようもなくうれしかったから。

腑抜けになったのは自分の方だ。

生きる目的をなくしたのは自分の方だ。

両のこぶしを握り締め、キリエはまっすぐにユアンを見つめた。

「断る」

「なぜだ」

「わたしの美学に反する」

「……なるほどな。開き直った相手をやるのはおもしろくないか」

だが、腹を決めたユアンは動じない。

「条件を出そう。応じてくれたら、おまえの願いをなんでも叶えてやる」

「ただのヴァンパイアにそんなことできるわけがないだろう」

「確かに俺ひとりではできないが、可能にする方法ならある」

「なにを……」

「悪魔と取り引きすればいい」

「――――」

絶句した。

悪魔と契約を交わせばどんな願いも叶えられる代わり、必ず契約者の魂を差し出さねばならないと聞いたことがある。ユアンはそれでキリエの願いを叶えると言うのだ。

「ばかな……。それでユアン、おまえはどうなる」

「俺の願いは永遠の生を終わらせることだ。それができるのはおまえしかいない。その代わり、俺はおまえの願いを叶えてやる」

「他人の願いを叶えて、それで討伐されるのか。おまえはほんとうにそれでいいのか」

「あぁ、いいさ。……おまえに消してもらえるならそれがいい」

「な…」

「悪魔も魂が手に入って万々歳だろう。……もっとも、ヴァンパイアに魂があるとしてだけどな」

煙《けむ》に巻くように肩を竦めるのを目にした瞬間、張り詰めていた糸がぷつんと切れた。

自分の願いなんてたったひとつ——ユアンの心、それだけだ。それなのに、交換条件として彼を殺さなければならないという。こんな愚かな筋書きなんてない。ほんの一瞬の愛と引き替えに、永遠に彼を失うなんて。

「悪魔との取り引きなど許さない」

「どうして」

「無駄だからだ。わたしの願いなど、きっと一生叶わない」

悪魔の力を借りてもなお、自分たちの運命は交わらない。

けれどどんなに首をふっても、ユアンは受け入れようとはしなかった。

「やってみなければわからないだろう」

「できるわけがない」

「どうして」

「そんなこと……！」

——おまえに消してもらえるならそれがいい。

「……っ」

ユアンの言葉を思い出して唇を噛む。その心はいつだって恋人のものなのに、キリエのことなんて見てもいないくせに、まるで自分を選ぶようなことを言う彼に胸が潰れそうだった。

愛しくて、憎らしくて、たまらない。

それなのに、目を逸らすこともできない。

「キリエ」

そんなふうに名を呼ばれただけで、自分がどれほどこの男に捕らわれているかを思い知らされる。

それと同時に、どんなに焦がれても無駄なことだと痛感せずにはいられなかった。

彼の目がやさしいからだ。時折苦しそうにするからだ。熱を帯びた眼差しは自分が受け止めていいものではないと知っている。だから心の中で何度も祈った。「主よ、憐れみたまえ」と何度も喘いだ。

それでも声は届かない。千の願いも、万の祈りも、たったひとつのわがままさえも神は叶えてはくれないのだ。

絶望の淵《ふち》でそっと嗤う。

「わたしが一番ほしいものは、きっと一生手に入らない――」

＊

それ以来、ユアンは地下室に籠もるようになった。

もうずいぶん言葉を交わしていない。夜になっても、その姿を目にすることさえ一度もなかった。

自分がおかしなことを言ったからかもしれない……。

自責の念に唇を噛む。

いくら始祖とはいえ、いつまでも食餌《しょくじ》を我慢することはできない。餓えたヴァンパイアが凶暴化するなんてよくある話だ。永遠の生を終わらせたいと思い詰めていたことからも、近いうちに彼が良からぬ決断を下すのではないかとそればかりが気になった。

たとえば、自ら消滅の機会を作るとか――。

「ばかな」

恐ろしい考えを打ち消すようにキリエは何度も頭をふる。ユアンのこととなるとつい良くないことまで考えすぎてしまう。こんなことではいけない。しっかりしなければ。

気を取り直して窓の外に目を向ける。さっきまで刻一刻と情景を変えた夕焼け空も今やすっかり暗く沈み、彼が目覚める時刻が近づいていることをキリエに教えた。

屋敷の中はシンと静まり返り、主の起床を待ち侘《わ》びている。

――今夜もまた、出てこないつもりだろうか……。

これでもう何日目になるだろう。その数を指折り数えながら、ふと、ユアンもこんな気持ちだったのかもしれないと思い至った。

自分を通して恋人を見ている彼に傷つき、部屋に閉じ籠もっている間、ユアンは根気強く夕食を運んでくれた。決して応えようとしないキリエを、それでも見限ることはしなかった。

あの頃は自分のことだけで精一杯で、ユアンがどんな思いでいるかなんて考える余裕もなかった。ハンガーストライキなどという子供じみた手段で気を引き、さもしくも矛盾した期待を抱いたりした。そうしている間だけは自分を見てくれると感じたからだ。

なんてわがままだったのだろう……。

深いため息をついたその時、ふと重い地下扉が開く気配がした。起きたのだ。ユアンはゆったりとした足取りで階段を上りはじめている。どうやら大広間に向かっているようだった。

見上げた空には満月が皓々《こうこう》と光を放っている。

「そう、か」

狩りをするには絶好の夜だ。人を傷つけたくないと言ってはいたが、空腹に耐えかねたに違いない。次こそ彼は獲物を仕留めるだろう。それは勘であり、矛盾を孕んだ願いでもあった。

ユアンが今後も人を襲わず、その結果餓えて凶暴化するようなことがあれば、国が黙っていない。彼の恋人以上に凄惨《せいさん》な最期を迎えることになる。それを避けるにはユアンが誰かの血を啜るより他にないのだ。小さな犠牲ひとつで彼の安全を確保できるならと考え、キリエは自嘲に顔を歪めた。

ユアンのためなら罪なき血が流れても構わないと思う自分は、もはや国家の犬ですらない。ならばいっそ、自分がその生贄《いけにえ》となって息絶えてしまえればいいのに——。

「わたしは、なにを……」

己の考えに瞠目《どうもく》した、その時だ。

「——！」

突如、ユアンのエネルギーが全開になった。

はじめて会った時以上に剝き出しにされた殺気に窓ガラスがビリビリと震える。驚きに目を瞠っているうちに、今度は蠟燭《ろうそく》の明かりが消えるようにふっと屋敷のシールドが消滅した。

「……え？」

信じられない事態だ。いったいなにを考えているのか、ユアンを摑まえて問い詰めてやりたいくらいだった。

満月はヴァンパイアの力を活性化させる。つまり、スレイヤーたちが最も目を光らせる夜だ。そんな時にあからさまに殺気立っては敵に居場所を教えるようなものだし、シールドを壊してしまっては捕虜であるキリエを逃がすことにもなってしまう。

ユアンだってわかっているだろう。わかっていて、わざとやっているのだ。

おかしい。これではまるで……。

「……っ」

第六感が警鐘を鳴らす。心臓がドクドクと早鐘を打つ。

部屋を飛び出したキリエは一直線に大広間に向かう。これが気のせいであってほしい、これが取り越し苦労であってほしいと思いながら、胸のもやもやをふり払うように廊下を駆けた。

ドアを開け、部屋の真ん中まで駆けこんだところで冷たい夜風に頬を嬲られ、はっとする。

バルコニーに続くガラス扉は左右に開け放たれ、タッセルの外れたカーテンが主の旅立ちを告げるように揺れている。吸い寄せられるように近づいたキリエは、サイドボードに置かれたペンダントを見てすべてを察した。

――死ぬ気だ……。

背筋に冷たいものが走る。肌が粟立つのが自分でもわかった。

彼はついに決断を下してしまった。他のスレイヤーの手によって消えるという、最悪のシナリオで。

ユアンは、キリエが引導を渡せないことを見抜いていたのかもしれない。どんなに交換条件を提案しようと頑なに首をふる相手に焦れたのだろう。

だからこれが最後のトレードだ。ユアン自ら敵を引きつけ、永遠の生を終わらせる代わり、キリエには最初からなにもなかったことにしてここから逃げろと言っているのだ。

「ばか、だ……」

胸が抉られるように痛んで息もできない。彼が終わりを選んだ以上に、そのやさしさが憎かった。

矢も盾もたまらずバルコニーに飛び出す。数キロ離れた北の森に強いエネルギーを感じたキリエは、衝動に突き動かされるまま柵を蹴った。

ユアンが目覚めたことはすでに知られている。人間を襲い、スレイヤーであるキリエを連れ去ったとあっては国も黙ってはいまい。始祖探しに血眼《ちまなこ》になる同胞たちの焦りもピークに達している頃だ。そんな時にユアンが出ていけばどうなるかなんて、火を見るよりあきらかだった。

ばかだ……!

ズキズキと痛いくらい鼓動が逸る。何度も心の中で叱責《しっせき》しながら枯れ木立を伝い飛んだキリエは、暗い森の奥、ようやくのことで同胞たちに囲まれるユアンを見つけた。

「ユアン!」

「なぜ来た!」

ユアンが、信じられないものを見るような目でこちらをふり返る。

それを見た瞬間、キリエは自分の勘が正しかったことを知った。やはり彼は、自分を逃がすつもりだったのだ。こんな時だというのにどうしようもなく胸が疼いた。

ふたりのただならぬ雰囲気に、同胞たちの間にもざわざわと動揺が走る。無理もない。自分たちの仲間であり、ダンピール最後の生き残りでもあるキリエが宿敵の始祖と言葉を交わしていれば混乱もしよう。

あるものはキリエを敵視し、またあるものはおぞましいと言わんばかりの表情を浮かべる。

同胞たちの顔をぐるりと見回し、キリエは決然と宣言した。

「わたしは彼を守るためにここに来た。殺したいならわたしから殺せ」

「な……っ」

ユアンが絶句する。

同胞たちが口々に「反逆罪だ！」と罵倒《ばとう》する中、キリエはまっすぐにユアンの元に歩み寄った。

「おまえ、自分がなにを言ってるかわかってるのか」

「わたしは間違ってなどいない」

「おまえはスレイヤーだろう」

「だがその前に、ひとりの男だ」

無意識のうちに笑みが浮かぶ。

それを見たユアンははっとしたように目を瞠り、それからきつく眉根を絞った。

けれど彼がなにかを言うより早く、同胞たちに取り囲まれる。身動きの取れない状況に陥ったふたりは以心伝心で背中を合わせた。これまで何度となく敵対してきたが、背を預け合うことは一度もなかった。当然だ。自分たちは決して相容れない生きものだったのだから。

それなら今はなんだろう。

仲間ではない。だが敵でもない。キリエという人間としてユアンを助けたい。ユアンを守りたい。

ただそれだけだった。

「この裏切りもの……！」

ついに同胞のひとりがキリエに襲いかかる。

ふり下ろされたのは白木の杭だった。

刺されてもヴァンパイアのように消えたりはしないが、場合によっては大怪我にもなりかねない。

ひらりと身をかわして切っ先を避けると、キリエは鮮やかに反動をつけて攻撃へと転じた。

間合いを計り、足を払う。無理な体勢から斬りかかってきた相手には脇腹を突き、動きを封じた。

接近戦ではやはりダンピールの力は圧倒的だ。洗脳されているとはいえ、所詮相手はただの人間。動きも遅ければ持久力もキリエの半分しかない。

ひとり目がキリエの剣に倒れ、ふたり目もあっさりと打ち負かされると、周囲を取り囲んでいた同胞たちは焦ったのか、数人まとめて襲いかかってきた。

「くっ……」

数が増えると面倒だ。応戦が雑になり、隙ができやすくなる。

それを察したユアンが加勢しようとしてきたが、キリエは極力彼を前に出さぬようにしながら応戦した。シールドを持たない今のユアンは杭を打ちこまれたらそれで終わりだ。

だから、なにがあっても自分が盾にならなければならない。

——この男はわたしが守る……！

こみ上げる熱いものに力を与えられるような思いでキリエは必死に剣をふるう。その後ろでユアンがたまらず声を張り上げた。

「どうしてこんなことをする。敵を庇《かば》うのは重罪だろう」

「そうだな」

「たとえ俺が助かったって、おまえは死刑になるじゃないか」

「そうかもしれない」

「だったら！」

隙を突いてユアンを討とうとした同胞を、ためらいもなく剣でひと突きにする。頬に浴びた返り血を乱暴に手の甲で拭い、キリエはまっすぐにユアンを見上げた。

「わたしに見殺しにしろと言うのか」

ああ、愛しいわたしのヴァンパイア。

「身代わりだって、弾避《たまよ》けぐらいにはなる」

「——ッ」

それで充分だ。それが良かった。

ユアンは息を呑み、それからぐしゃりと顔を歪める。悔しそうな、苦しそうな、そして今にも泣き出しそうな顔で。

肩を震わせながら大きく息を吐き出すと、今度は彼が声を上げた。

「死なせない……」

同胞たちの前に立ち、ユアン自らが盾になる。

「おまえを死なせるわけにはいかない！」

怒りさえ滲ませた声。

なりふり構わず自分を守ろうとしてくれる背中に熱いものがこみ上げる。

――あぁ、ユアンが好きだ………。

それを今ほど痛感したことはなかった。

同じ男なのに、敵同士なのに、今でも憎んでいるのに惹かれてしまった。どうにもならないことがこの世にはあるとユアンに出会ってはじめて知った。

彼が恋人を忘れられないように、自分もこの気持ちを捨てることができない。どこまでも平行線を辿るしかないなら、全部墓まで持っていくしかないのだ。

「……ユアン……」

広い背中に額を押し当て、ありったけの想いをこめてその名を呼ぶ。

これまでとは違うなにかを感じたのだろう。焦ったように肩越しにふり返るのが気配でわかった。

「どうして、そんなふうに俺を呼ぶ」

言えない。

「答えてくれ。どうして逃げなかった。どうして俺を追ってきた。どうして、こんな……」

言えるわけがない。

「キリエ……！」

切羽詰《せっぱつ》まった声。

意を決して顔を上げると、そこには恐いほど真剣な表情をしたユアンがいた。

それを目の当たりにした瞬間、なにもかも晒してしまいそうになる。すべてを打ち明けてしまいたくなる。答えなどはじめからひとつしかない。

――わたしは、おまえを、…………。

けれど、それは音になる前に消えた。

「――ッ」

ドン！　という衝撃。

なにかが身体の中にめりこんでくる感触があった。その瞬間、一切の音がなくなり、目に映るすべてがスローモーションになる。すぐ真横に迫った同胞の顔は見覚えのあるものだった。

なん、だ……？

目を見開いたまま、キリエは視線を下に向ける。

自分の脇腹に短剣が刺さっているのを見た瞬間、全身から汗がドッと噴き出した。自覚した途端に猛烈な痛みが襲ってくる。瞬く間に心臓が高鳴り、息が苦しくなった。ヴァンパイアの腕力に負けて怪我をすることはあっても、凶器を身体で受け止めるのははじめてだった。

「……ぁ、……っ」

なにか言おうにも声が出ない。

動揺に顔を上げると、ユアンはこれ以上ないほど目を見開いて自分を見ていた。

「キリエ……？　嘘だろう。キリエ！」

その顔が見る間に険しくなっていく。いつもの彼からは想像もできないほど感情を露わにするのを目の当たりにして、おかしな話だけれど、ほっとしてしまった。

――取り乱して……くれるんだな………。

こんな自分のために。こんなにも懸命に。ユアンが聞いたら怒るかもしれないけれど、心が震えるほどうれしかった。

だからもういい。もう充分だ。思い残すことなんてなにもない――。

「キリエ！」

伸ばされた腕をすり抜け、その場に崩れ落ちる。

薄れゆく意識の中、ユアンが獣のような咆吼《ほうこう》を上げた。

「おまえら、皆殺しだあぁ……っ！」

始祖の爆発的なエネルギーによって、おこぼれに与《あずか》ろうと寄ってきた下級悪魔たちは一瞬で灼かれ、霧散する。同胞たちの逃げ惑う声は互いの断末魔の声にかき消され、森はまさに地獄絵図と化した。

そこかしこで叫びが上がり、あたり一帯は見る間に真っ赤に染まる。匂いを嗅《か》ぎつけた蝙蝠はバサバサと空を飛び回り、血に飢えた獣たちも唸《うな》りを上げながら次第に周囲を取り巻きはじめた。

けれど始祖の殺気に気圧《けお》され、決して近づいてこようとはしない。見せしめとばかりに生きたままスレイヤーの心臓を抉り出す彼に恐れを抱いたに違いなかった。

そうしてどれくらい経っただろう。

もはや生きものの気配すらなくなった頃、ようやく暗い森に静寂が戻った。

「……キリエ」

すぐ傍に跪《ひざまず》く気配がして、ゆっくりと身体を抱き起こされる。

覗きこんできたユアンの顔は、まるで泣き出したいのを必死にこらえているように見えた。

——そんな顔をするな。

そう言ってやりたいのに声が出ない。せめて笑って安心させたいのに、もはや腕一本、指先ひとつ自分の意志では動かせなくなっていた。

「今から運ぶ。こらえてくれ」

首の下と膝裏に腕を入れられ、ゆっくりと横抱きにされる。

「……ッ」

刺さったままの短剣に肉を抉られ、喘ぐしかないキリエにユアンは一瞬動きを止めたが、それでも意を決したようにひと思いに立ち上がった。

「すぐだ。すぐ着くからな……！」

ユアンが勢いよく上空に舞い上がる。

周囲の惨状を確かめる間もなく、キリエはぷつりと意識を手放した。


どれくらい気を失っていたのか――。

目を覚ました時には屋敷のベッドに寝かされていた。

全身が小刻みに震えて止まらない。感覚は麻痺《まひ》してしまったのか、患部がぼんやり重たいだけで痛みを感じなくなっていた。こうなってしまってはもうだめだ。自分でも助からないだろうことはなんとなくわかった。

「すまない、キリエ。すまない……」

謝罪の言葉をくり返すユアンに、精一杯首をふる。

「わたし、が……そうしたくて、やった。……謝ることなんてない」

ユアンがぐしゃりと顔を歪める。その泥くさい表情に、こんな時だというのに胸が鳴った。

――ばかだな、わたしは……。

最後の最後まで見とれてしまうなんて。

キリエは銀色の睫を伏せ、そっと笑った。

「おまえの…ために……、死ねるならいい」

それが偽《いつわ》ることのない本心だ。せめて、彼のためになれるならそれで良かった。

「キリエ……！」

ユアンが枕元のシーツを握り締める。そこから伸びる彼の腕が、彼の肩が、ぶるぶると震えているのを目に焼きつける思いでまっすぐに見上げた。

「キリエ……キリエ、キリエ、キリエ……キリエ…………！」

何度も、何度も。

眉間に深い皺を寄せ、顔を歪め、胸底を抉るように自分を呼ぶ。そんな真剣な目で見てもらえるなんて、この名を呼んでもらえるなんて、涙が出るほどうれしかった。

身代わりのまま死んでもいいとさえ思っていたのに……。

人生の一番最後に神様からのプレゼントだ。運命に翻弄されるばかりで、いいことなんてひとつもない人生だったけれど、最後にとっておきの夢を見せてくれた。

節《ふし》くれ立った大きな手に右手をそっと包みこまれる。

臨終《りんじゅう》を看取ってもらうかのようで、身体からふっと力が抜けた。もうなにも憂《うれ》うことはない。もうなにも恐れることもない。最期まで彼が傍にいてくれるなら、なにもいらない。

別れの言葉を言わなければ……そう思い、口を開きかけた時だった。

「赦してくれ……」

絞り出すようにユアンが告げる。

「過去に囚われたまま、おまえを愛してしまった俺を赦してくれ」

その目は恐いくらいに真剣で、だからこそ意味がわからなかった。

彼はなにを言っているのだろう。その心は恋人のもので、自分に向くわけなどないと知っている。

それとも、とっておきの夢にはもう少し続きがあるのだろうか……。

「キリエ」

まるで愛しいものに向けるように情をこめて名を呼ばれ、今まさに鼓動を打ち止めようとしていた心臓がドクンと高鳴る。

これは現実なのか。これは自分に向けられたものなのか。

考えを肯定するように腹部が再びズキズキと痛みはじめる。

「俺は勝手なことを言っている。ずっと、おまえを苦しめていたこともわかっている。それでも……それでもキリエ、俺はおまえを愛しているんだ」

ユアンは迷うことなくまっすぐに告げた。

揺るぎない漆黒の瞳。その眼差しは深く静かで、どこか危うい熱すら孕んでいる。それを見上げているうちに、頑なであろうとした心がグラリと揺れた。

――そんな、ことが………。

あるなんて。

瞬きをしたらすべて幻になってしまいそうで、身動ぎもせずにユアンを見つめる。彼もまた黙ってこちらを見下ろしたままその眼差しで雄弁に語った。

互いに種の生き残りとして、そして敵として出会った自分たち。過酷な運命を背負わなければこうして出会うこともなかった。

「俺にとってスレイヤーは、憎しみの対象でしかなかった。おまえを連れてきた時も殺すことしか考えていなかった」

どんな手段で痛めつけてやろうか、どんなふうに恋人の恨みを晴らそうかと、目的はただそれだけだった。

けれど。

「あのペンダントをしたおまえを見て、目を疑った。すぐには信じられなかった。カイの血を引いた存在に、いけないとわかっていても情が湧いた」

リボンタイつきのシャツをはじめ、与えられた服はどれもカイのものだったとわかって妙に納得してしまった。どうりでデザインが少し古かったはずだ。それでもきちんと手入れされていたのは思い出の品だったからだろう。

シャツを着てみせた時のことが甦る。

彼は自分を見て、はじめて目を細めて笑ったのだっけ。

「似ているところを見つけるたびに、思い出を掘り起こされるようで落ち着かなかった。それぐらい、おまえはカイにそっくりだった。……だが不思議だな。似ていないところにばかり惹かれた」

恋人との違いを知るたび、そしてそこに惹かれるたびに、後ろめたい思いが募った。

けれどそれは言い換えれば、もう一度生きる意味を自身に問い直すことでもあったのだ。

「カイを失った時、俺の時間もそこで止まった。二度と人を愛することはないし、誰も愛してはならないと心に誓った。それは、どんな相手に出会っても揺るがないと思っていたんだ」

思い出だけを心の支えに、贖罪のために生きると決めていた。止まったままの時計の針が再び動きはじめるなんてあってはならないと思っていたのに。

「それでも、おまえへの気持ちを捨てたくなかった」

ユアンの眼差しが熱を帯びる。漆黒の瞳に情をたたえ、ユアンは噛み締めるように告げた。

「罪を贖うために生き続けるのか。それとももう一度、心が震えるような愛を乞うのか――――。答えなどとうに出ていたのに、それを認めることが恐かったんだ。そのせいでおまえには辛い思いばかりさせたな。身代わりだなんて言わせてしまった。ほんとうに、すまなかった」

「ユアン……」

「身代わりなんかじゃない。――――キリエ。俺は、おまえを愛しているんだ」

息が、止まった。

今度こそほんとうに。

身体の奥から熱いものが迫り上がる。胸の中がいっぱいになる。心にかけていた枷をすべて外して、互いの気持ちひとつで向き合うことができるなんて。

「わたしなど……運命に翻弄される駒でしかないと、思っていたのに……」

ようやくわかった。

「わたしは、おまえに出会うために、生まれてきたんだな」

「…………っ」

強く強く、離すまいとするかのように力いっぱい右手を握られる。キリエは反対側の手を伸ばし、そっとユアンの髪に触れた。

「ありがとう」

弾かれたように目を瞠ったユアンは、すぐに顔を歪めた。

ああ、そんな顔をするな。ヴァンパイアの始祖ともあろうものが。

軽口のひとつも叩いてやりたいけれどそろそろ時間切れのようだ。意識がぼんやりとなりはじめ、ユアンの姿も刻一刻と朧になっていく。想いを添わせたと思ったらそこで終わりなのが少し悔しくもあったけれど、それでも自分には充分すぎるくらいだった。

死ぬことは恐くはない。どうせいつかは散る命だ。最期の瞬間まで手を繋いでいてもらえるなんてこれ以上のことはなかった。

「おまえを死神になど渡すものか」

けれど黙って運命を受け入れようとするキリエに、ユアンが頑なに首をふる。

「おまえは誰にもやらない。俺のものにしたい。たとえ息の根を止めてでも」

そんなふうに言い募られ、憚《はばか》ることなく独占欲を見せつけられて、うれしくないわけがなかった。

ユアンはヴァンパイアだ。この血を捧げることで彼の眷属になることができる。甦った後は生死の概念からも解き放たれ、彼とともに永遠に生きていくことができるのだ。

人であることを捨て、スレイヤーであることを捨てて、闇に生きる異形《いぎょう》になる。自分を支えてきた使命を放棄し、生きる目的をねじ曲げてでも、ユアンといたいと強く思った。

瞬きとともに、目尻からあたたかな雫《しずく》が伝い落ちる。

長い指でそれを拭われ、両手で頬を包みこまれた。

「俺とともに生きてくれるか」

黙って頷く。

「俺のものになってくれるか」

もう一度頷く。言葉にして返したかったけれど、もはや声帯を震わす力も残っていなかった。

どうやったらこの気持ちを伝えられるのかわからなくて、そんな想いを代弁するかのように後から後から涙があふれる。それをそっと吸い取ったユアンの唇が、目尻や頬にも熱くやさしいくちづけを落とした。

最後にしっとりと唇が重なってくる。想いを汲《く》み取るように、そして受け渡すように、静かに交わされるくちづけは誓いの儀式のようだった。

ユアンの唇がゆっくりと首筋を滑り落ちていく。肌に犬歯《けんし》の尖りを感じた瞬間、身体中の血が歓喜に震えた。

――ようやく、ユアンのものになれる…………。

「愛してる。キリエ」

自分の中に入ってくる彼の牙に、身がそそけ立つような悦《よろこ》びを覚える。

熱い血にユアンが喉を鳴らすのを聞きながら、キリエはそっと意識を手放していった。

＊

懐かしい夢を見た。

小さな頃の夢だ。大好きな母親が自分に向かってにっこり微笑みかけている。うれしくなって両手を伸ばすと、抱き上げてやさしく頬摺りしてくれた。

その匂いも、ぬくもりも、なにもかもが愛おしい。長い間忘れていたものがそこにはあった。

「しあわせになるのよ」

そう言いながら何度も頭を撫でてくれる。自身譲りの銀色の髪をことさら愛してくれた人だった。

「あなたは愛されて生まれてきたの。パパはあなたが生まれる前にお星様になってしまったけれど、あなたがあなたの大切な人と生きていくことを、パパもママも願ってる。大好きよ、キリエ」

自分がつけていたネックレスを外し、息子の首にかけたと同時に母親は眠るように息を引き取る。

キリエが八歳の時のことだった。

あなたは愛されて生まれてきたの――。

母親が自分に遺してくれた大切な言葉を嚙み締める。

――母さん……。

ゆっくりと意識が水面に引き上げられる。目を開けた途端、あたたかな涙が頰を伝った。

こんなやさしい気持ちを、もうずっと忘れていた。

ヴァンパイアを討伐することを使命とし、来る日も来る日も血生ぐさい戦いに己を駆り立ててきた。

ダンピールであるせいで人間に忌み嫌われ、ヴァンパイアからも異端扱いを受ける中、スレイヤーとして活躍することでしか己の存在意義を守れなかった。自分が必要とされるのはスレイヤーだからで、それ以外の価値なんてないと思っていた。

自分という生きものを丸ごと受け入れてほしいだなんて、願ったこともなかった。誰かに心焦がれることも、誰かと心を通わせることも、自分とは無縁のものだと思っていた。

けれど、それは間違いだったのだ。

「愛されて、いたんだな……」

国家機関に幽閉された父と母。

ヴァンパイアだった父は血を断たれ、半ば洗脳されて母と出会った。とても理性が働くような状態ではなかっただろう。それでも恋人から贈られた大切なペンダントを母に託《たく》し、その母がこんな話をするほどに、ふたりの心はかたく結びついていたのだ。

大好きよ、キリエ——。

母を思って目を閉じる。

あの日、若くして亡くなった母親を看取り、仇はこの手で必ずと誓った。地獄のような訓練に耐え、死闘をくり返し、その甲斐あってヴァンパイア殲滅まであと一歩というところまで迫った。始祖の胸に杭を突き刺しさえすればすべては終わるはずだった。……できなかった。

宿敵を愛してしまったから。

そしてその果てに、ヴァンパイアになってしまったから。

自分が選んだ道に悔いはない。これからは愛するものと生きていく。ありったけの力でそれを守る。

彼が自分を必要としてくれたから。そして自分にも彼が必要だから。

「キリエ」

そっと名を呼ばれる。声のした方を見ると、ユアンが歩み寄ってくるところだった。

「目が覚めたんだな」

ふわりと覆い被さるようにして抱き締められる。

「おまえの目が覚めなかったらどうしようと、そんなことばかり考えていた」

「ユアン」

「よかった……………」

深い安堵《あんど》のため息に応えるように、キリエも広い背中を抱き返した。

腕を伸ばした際、わずかに引き攣れるような痛みを覚えて脇腹の怪我を思い出す。

そういえば、短剣で刺されたのだっけ。

眠っている間に剣は抜かれ、ユアンが手当てをしてくれたのか、傷口には白いガーゼまで当てられている。傷などとっくに塞がっているだろうに、病人のように扱われているのがくすぐったかった。

ゆっくりと腕が解かれる。

ベッドサイドの椅子に腰かけたユアンは、静かな声で「三日だ」と呟いた。

「おまえが蘇生《そせい》するまで、ずっと見ていた」

「ずっと？　眠りもせずに？」

「造作ない」

「……ばかだな」

どうりで少し疲れた顔をしている。

頬に手を伸ばすと、ユアンはそれを取り、手のひらの窪《くぼ》みへキスを落とした。

「気にするな。俺がそうしたかっただけだ」

大切にされているのだとわかる、やさしい声。母の腕に抱かれた子供の頃とも違う、ありのままの自分を受け入れてもらえる安心感に、キリエはそっと口を開いた。

「夢を、見た――」

今しがたのことを語って聞かせる。

ユアンはじっと耳を傾けた後で、覚悟を決めるように唇を引き結んだ。

「おまえを愛した人たちの分まで俺が愛し続けよう。おまえを眷属にした責任は俺が負う」

「そんなことを言うのか」

「キリエ」

「おまえが自分勝手に引きこんだとでも言うのか。……違う。わたしが望んだんだ。おまえと生きることを、わたしが選んだ」

ユアンが驚いたように目を瞠る。

「カイと同じことを言うんだな」

そんなところまで、似ているなんて……。

それを聞いて不思議な気分になった。これが想いを打ち明け合う前なら、また恋人の面影を自分に重ねるのかと煩悶《はんもん》しただろう。

けれど、今は違う。

「その気持ちがよくわかる」

ここにはいない父親の心が自分に染み入り、ひとつになっていくようだ。会ったこともないカイの気持ちがキリエには手に取るようにわかった。

「死ぬというのはそういうことだ。好きか嫌いかだけでは越えられない。わたしが生やさしい覚悟なんかでヴァンパイアになったと思うなよ」

漆黒の瞳が月の光を受けて見る間に潤《うる》む。

「ありがとう……。俺を、選んでくれて」

もう一度強く抱き締められて、キリエは深く息を吸いこんだ。愛しい男の香りに身も心も満たされていく。ユアンを選んで良かった。出会えて良かったと、心の底からそう思った。

「それを言うのはわたしの方だ」

わずかに身体を離し、ユアンの目をまっすぐ見上げる。

「ずっとこうしたかった。ずっとこうなりたかった。おまえのたったひとりになりたかったんだ」

すべてを凌駕《りょうが》する想いをこめて。

「愛している。ユアン……」

首の後ろに手を回し、逞しい身体を引き寄せる。

「俺も、愛している」

そっと重なってくる唇に、想いのすべてをこめて応えた。

心臓は壊れたように早鐘を打ち、手のひらはしっとりと汗に湿る。緊張と同じだけの期待、不安と同じだけの昂奮。それらがゆるやかに混じり合い、気持ちを逸らせ、どうしようもない熱を生んだ。

触れ合ったところからひとつに溶けてしまいそうだ。やさしく下唇を甘噛みされ、身体の芯がジンと疼いた。

そっと開いた唇の間から熱い舌が潜《もぐ》りこんでくる。歯列を撫でられ、歯のつけ根のあたりをくすぐられて、むず痒いようななんとも言えない感覚に陥った。

「ふっ……ん……っ」

じっとしていられずに身を捩る。

そうする間にも、ユアンの舌はさらに奥へと忍びこんできた。熱い舌に口内を蹂躙《じゅうりん》され、くちゅっ、くちゅっと水音が立つ。それが恥ずかしくてたまらなくて何度も逃げを打とうとするのに、俺に食わせろとばかり徹底的に貪《むさぼ》られてなすすべもなかった。

「……ん、っ……んんっ」

強引なほどに吸い上げられ、徐々に頭がくらくらしてくる。甘い唾液に喉を鳴らしながらキリエは無意識のうちに自分からも唇を求めた。

――もっと……。

嚥下《えんげ》をくり返すほどにさらなる渇きを自覚する。

まだ足りない。なにかが足りない。身体中が熱くて熱くて、頭がおかしくなりそうだった。

——なんだ、これは……。

一息ごとに呼吸が荒くなってくる。はじめての行為に自分の身体はおかしくなってしまったのだろうかと戸惑っていると、それを見たユアンがくすりと笑った。

「あぁ、そうだったな」

そっと頬を包まれる。

「目覚めたばかりで喉が渇いてるんだろう」

「え？」

「蘇生してすぐは腹が減っているからな。人間の赤子と同じだ」

「わ、わたしは赤子ではない」

「だが俺の眷属だろう？」

そう言われてしまえば反論もできなくなる。悔しいけれど、うれしいのだ。

思っていることが表情に出ていたのか、顔を覗きこんできたユアンがくすくすと笑った。

「俺の血を呑むといい」

「な…」

急にそんなことを言われて困惑してしまう。いくら望んでヴァンパイアになったとはいえ、いきなり他人の血を吸えるものではない。

けれどユアンはお構いなしにベッドに座り直すと、自らの襟元を寛《くつろ》げた。

「首筋なら噛みやすいだろう。……ほら、ここだ」

シャツに覆われていた肌が月の光に艶めかしく照らし出される。

それを見た途端、自分の中でなにかがドクン…と弾けるのがわかった。

——あれが、ほしい……。

自分でも抑えきれない衝動がこみ上げる。ほしいという気持ちに後押しされるように口の中に唾液があふれ、無意識のうちに喉が鳴った。

「……は、っ」

こらえられない吐息《といき》に目を閉じる。

「摑まってろ」

ゆっくりと身体を抱き起こされ、そのままむしゃぶりつきたい衝動をこらえて逞しい首筋にくちづけた。そうしているだけで昂奮のあまり鳥肌が立つ。このまま歯を突き立てたらどんなふうだろうと考えるだけで気が遠くなった。

そのせいだろうか、上顎が妙にむず痒く、ミシミシと軋みはじめている。違和感の元に手をやったキリエは、そこではじめて、新しい二本の犬歯が歯茎を突き破って生えていることに気がついた。

「あ……」

これこそが、ヴァンパイアの証。

驚くキリエに、ユアンがふっと目を細めた。

「かわいい歯が生えたな」

「またそうやって、人を赤子かなにかのように……」

「子供とはこんなことはしないぞ」

上目遣いに睨むキリエにニヤリと笑うと、ユアンはこれ見よがしに舌舐めずりをする。赤く濡れた舌に知らず目を奪われてしまい、さっきまであれが口内でどんなふうに動き回っていたかを思い出して頬がかあっと熱くなった。

「キリエ」

名を呼ばれ、再び唇を塞がれる。

「生えたばかりはむず痒いよな」

「……んっ」

犬歯を舐め上げられた途端、これまで感じたこともないような、ぞくぞくとしたものが身体中を駆け巡った。

――ユアンが、ほしい……。

この渇きを止めてほしい。

「……は、ぁ……っ」

頭の中がユアンのことでいっぱいになる。一息ごとに犬歯は疼き、いけないと思っても抑えられな

の嫌悪感もなくなりつつあった。

「キリエ。我慢しなくていい」

けれど、後頭部に手を回され、引き寄せられる。

自分のために彼の身体を傷つけるのはどうしても嫌で、キリエは懸命に首をふった。

「大丈夫だ。傷が塞がるのはスレイヤーより早い。おまえも知っているだろう」

言われてみれば確かにそうだ。回復能力に優れている点も、ヴァンパイア討伐を困難にする要因のひとつだった。

「それに、ヴァンパイア同士で血をわけ合うのは普通のことだ。眷属ならなおのことな」

「そう、なのか……でも……」

どうしてもためらってしまう。

思いきれないでいるキリエに、ユアンはだめ押しのように口端を上げた。

「血を啜られるのは案外気持ちがいいんだぞ」

「え？」

「俺がおまえの血をもらった時、なにも感じなかったか？　……あぁ、あの時は死に際だったからわからなかったか」

それなら次は意識がはっきりしてる時に試してやると含み笑われ、思わずドキッとしてしまう。ヴァンパイアにとってはそんなことすら愛撫《あいぶ》になるのだ。

「ためらわなくていい。好きなだけ呑め」

促《うなが》すように背中をさすられる。

「ほら……俺を気持ち良くしてくれ。キリエ」

耳元に低音の美声を吹きこまれ、身が竦む。軽口を諫《いさ》めるように見上げると、ユアンは漆黒の瞳に蜜を混ぜ、目で「早く」と唆《そそのか》してきた。

その甘く艶めいた眼差しに背中を押されるようにして、キリエは思いきって口を開ける。尖った犬歯を肌に当てると「もう少しだ」というように後ろ髪をやさしく梳かれた。

ユアンの匂い。ユアンのぬくもり。

ほしいという気持ちに突き動かされるまま力をこめる。犬歯はゆっくりと皮膚を突き破り、あたたかな肉にめりこんでいった。

はじめて触れる、他人の体内。血に濡れた犬歯がジンジンと疼く。

——これが、ユアンの……。

あふれ出したものを夢中で啜る。

「ふ、……っ」

ユアンの血は極上の葡萄酒《ぶどうしゅ》のようだった。長い年月をかけて熟成されたそれをひと舐めするごとに、全身が熱くなっていくのがわかる。心臓がドクドクと早鐘を打ち、自分の中でなにかが目覚めるような不思議な感覚に囚われた。

わずかに身体を離し、唇を真紅に染めたまま顔を上げる。

「うまかったか？」

そっと髪にくちづけられ、夢うつつにぼんやりしたまま頷くと、ユアンが小さく含み笑った。

「これで俺たちは番《つが》いになった。俺はおまえのもの、そしておまえは俺のものだ」

「ユアンの……」

「あぁ。おまえのものだ」

この世にある限り。この命の続く限り。

それはなんて途方もないしあわせだろう。

ヴァンパイアになって良かった——呟きは声にならないほど小さなものだったけれど、唇の動きからそれを読んだユアンは、同じように「俺もだ」と囁《ささや》き返した。

そこかしこに降らされたキスの雨が、徐々に官能を煽るものに変わっていく。

「は……ん、っ」

顎の稜線《りょうせん》を舐め上げられ、耳朶《じだ》から耳の後ろ、そして首筋へと唇を這わされて、そのたびに身体がビクビクと震えた。

こんなことははじめてでどうしたらいいのかわからない。ただなされるがまま、高められるままに与えられる快感に酔いしれてしまう。いつしかシャツの隙間から潜りこんできた右手に肌を暴《あば》かれ、触れられることへの期待と不安に鳥肌が立った。

「恐がるな。俺に任せていればいい」

耳朶を吸われるツキンとした痛みが甘い疼きとなって広がっていく。

「淫《みだ》らなおまえを見せてくれ。俺だけが知ることのできる、おまえの素顔が見たい」

唆すように吹きこまれ、身を竦めているうちに、ユアンのもう片方の手もシャツの中に潜りこんできた。

「……あっ」

脇腹から鳩尾、そして胸へと、手触りを楽しむように肌を撫で回していた大きな手が無垢《むく》な尖りに達した瞬間、電気が走ったようにビクッとなる。絶妙に力を加減しながらやわやわと玩《もてあそ》ぶように指の腹で捏《こ》ねられると、これまで感じたことのない熱が身体の奥から迫り上がってきた。

「や、……あ、あ、あ……」

そんなところに触れられて、こんなふうになるなんて。

身悶えるばかりで抗うことすらできやしない。執拗《しつよう》な愛撫によってキリエの花芽は赤く熟《う》れ、健気《けなげ》に立ち上がってそれに応えた。

はぁはぁと荒い呼吸が部屋に響く。それが恥ずかしくてしかたないのに、なんとか抑える余裕すらない。いつの間にかシャツは脱がされ、ベッド下に放られていた。

羞恥に身を捩る間もなく後ろから首筋にくちづけられ、やんわりと甘噛みされて、キリエは快感に悶え仰《の》け反る。どこに触れられてもおかしいくらいに感じたけれど、そうやって歯を立てられるのは格別だった。

彼に与えたい。この身も、心も、なにもかも。

そして彼を受け入れたい。その身も、心も、なにもかも。

「ユアン……」

譫言のように名を呼ぶと、ユアンが首筋を吸ってそれに応えた。

「んっ、……ぁ……」

ぞくぞくとしたものが背筋を這い、熱となって下腹に落ちる。今や熱く兆《きざ》したキリエ自身は布地を押し上げ、前を膨らませはじめていた。

「あっ」

ユアンの手がそこに伸びてきたのに気づき、とっさに逃げを打って身体を捻る。ただこうしているだけでも昂ってしまうのに、触れられたらほんとうにおかしくなってしまう。

「こら。どこへ行く気だ」

けれどあっけなく封じられ、後ろから四つん這いの格好で拘束された。

「逃げられれば追うぞ？　それとも、捕まえてくれって意思表示か？」

背中に覆い被さりながらユアンがくすくすと笑う。

さっきよりさらに分《ぶ》を悪くしたようだと気づいたのは、ベルトを抜かれてからだった。あっという間に下着ごとズボンを下ろされ、自身が空気に晒される。それは触れられてもいないのに反り返り、先端から透明な蜜を滴《したた》らせていた。

「感じてるな」

「見る、な……っ」

「どうしてだ。俺のものだろう」

「そういう……意味じゃ……」

ない、と言おうとしたものの、それよりも早くユアンの手が花芯に伸びてくる。先走りを教えるようにぬるぬると指先で塗り広げられ、そのまま括《くび》れを撫で回されて、快感のあまり腰が揺れた。

「あ、あ、…あっ……」

大きな手で上下に扱《しご》かれただけですぐにでも気を遣ってしまいそうになる。止めどなくあふれる蜜がユアンの手を汚し、シーツに斑《まだら》な染みを作った。

「も……、っ……」

限界はすぐそこまで迫っている。もはや喘ぐことすらできず、強く目を閉じたまま与えられる快感に酔った。

気持ちいい。気持ち良くてたまらない。なにも考えられない。

「我慢するな。達《い》っていい」

シーツを握る腕がぶるぶると震える。

「キリエ」

低く男らしい声に名を呼ばれ、それまでこらえていたものが堰を切る。ふわりと身体が浮いたかと思うと、身体中を駆け巡っていた熱が精となって迸《ほとばし》った。

「あぁっ――……」

もはや力の入らなくなった両腕は身体を支えきれず、肘を折るままキリエは上体をシーツに埋める。腰だけを高く突き出した格好で呼吸を乱す、その姿態がどれほど男を煽るとも知らず。

「おまえのそれは無意識か。困ったもんだな」

「……え？　ぁ……っ」

まだ快感冷めやらぬうちに背中を舐められ、再び火種に火が点《つ》いた。

肩甲骨《けんこうこつ》から肩へ甘くねっとりとしたキスを落とされ、ぞくぞくするような快感が這い上がってくる。まるで、このまま喰らいたいというようにそこかしこを舐められ、吸われ、甘噛みされて、身体中がユアンのものになるよろこびに打ち震えた。

自身は再び兆しはじめ、触れられただけで先端から残滓《ざんし》が伝う。そのまま後ろの熟れた果実まで揉みしだかれて、猥《みだ》りがわしく腰が揺れた。

「敏感なんだな」

「お、まえが……」

そんな触り方をするからだ。

文句は最後まで言えなかったけれど、それで伝わったらしく、ユアンはニヤリと含み笑った。

「光栄だ」

崩れかけていた身体を支えられ、仰向《あおむ》けに寝かされる。そうして広げられた足の間にユアンの手が伸びてきた。

「あ…」

後孔《こうこう》に触れられ、無意識のうちに身体が強張る。

「力を抜いていろ。大丈夫だ、ゆっくりやる」

「……ん、っ……」

何度か深呼吸をくり返していると、タイミングを見計らって中指が潜りこんできた。

少し進んでは止まり、キリエが慣れた頃合いを見てまたさらに奥まで進む。はじめは異物の侵入を拒んでいた内部も、襞《ひだ》のひとつひとつを広げるような執拗な動きに次第に慣らされていった。

「あ、…ふ、……っ」

ゆっくりと指による抽挿《ちゅうそう》がはじまり、そのリズムを覚えこまされる。中指が根元まで入ってしまうと、今度は人差し指と二本揃えて再び孔《あな》に沈められた。

自分の身体にユアンが入りこむのはこれが二度目――はじめは犬歯、今度は指だ。どちらも熱く凶暴で、ひどくやさしい。そうされればされるほど自分が満たされていくような気がする。

まるでひとつになれたようで――。

「……あっ」

そんなことを思ったせいだろうか、奥がずくん…と甘く疼いた。中にいるユアンを離すまいと無意識に指を食い締めてしまい、その刺激でさらに蠢動《しゅんどう》が止まらなくなる。

「キリエ。煽るな」

「それは、おまえ、が……っ」

どうしたらいいのかわからないと目で訴えると、ユアンは「しょうがないやつだな」と言いたげに眉を下げる。やさしいくちづけとともに中をぐるりとかき混ぜられ、あまりの気持ち良さにわけがわからなくなった。

「は、……ぁ、っ」

ずるりと指が抜かれる。喪失感に戦慄《わなな》いたのも束の間、熱く濡れたものが押し当てられて全身が総毛立った。待ちきれないと言わんばかりにそこが疼くのが自分でもわかる。それを浅ましいと思うのだけれど、ユアンがほしくてたまらなかった。

あぁ、自分はどうしてしまったんだろう。こんなふうになるなんて。

はくはくと喘ぎながら漆黒の瞳を見上げる。

そこには、自分と同じく余裕のない顔をしたユアンがいた。

「ユアン……」

うれしい。それだけで、こんなにも。

「挿《い》れるぞ」

切羽詰まった声とともに熱塊が押し入ってくる。指とは比べようもない大きさ、そして熱さに、自分の内側から灼かれてしまうのではないかとさえ思った。身体がミシミシと軋みを上げる。限界まで開かされた蕾《つぼみ》が、それでも愛しい男を食《は》む。

「は、…っ」

引き攣れるような痛みと、それを凌駕してあまりある愛しさ。ふたつが混じり合い、溶け合って、それはやがて快感になる。

目の前がグラグラした。全身の血が沸騰《ふっとう》してしまったかとさえ思った。いても立ってもいられなくなって、ユアンに向けて腕を伸ばす。

「ここにいる」

逞しい腕に抱き返され、グイと腰を進められて、一ミリの隙間もないほどぴったりとひとつになる。そのまま腰を回され、揺さぶられて、頭の中が真っ白になった。

「あ、ユア…、ユアン……っ」

ゆるやかにはじまった抽挿はすぐさま激しさを増す。深々と熱を受け入れながら、キリエは譫言のように愛する男の名を呼び続けた。

「キリエ……」

低く、心を蕩《とろ》かせる声。ガクガクと揺らされながらそれでも必死に目を開けると、そこには情欲を隠しもせず、まっすぐに自分を見つめるユアンがいた。

胸の奥がぎゅっとなる。悲しくないのに泣きたくなる。

そんな顔をしてくれるんだな。

わたしを見て、わたしに触れて、そして愛してくれているんだな……。

それがどうしようもなくうれしくて、目尻から熱いものが零れ落ちる。ようやくひとつになれた、ようやく想いを重ね合えたと痛いくらいに感じた。

「ユアン」

呼応するように中の昂りが一際《ひときわ》膨らむ。

「あっ……、……ん、ん……っ」

「くっ……」

再び腰を打ちつけられ、これ以上ないほど深くまで食まされて、このまま溶けてしまうかと思った。

ユアンが動くたびに肉のぶつかる音が響き、嬌声《きょうせい》とも啜り泣きともつかぬ声がそれを追いかける。

ぐずぐずになった身体はまるで力など入らず、ただひたすら互いの愛を確かめるように何度も何度も唇を合わせた。

もうすぐ来る。

もうすぐ限界が来る。

隘路《あいろ》を擦られ、最奥《さいおう》を抉られ、苦しくて気持ち良くてもう息もできない。

ありったけを与え合い、そして奪い合いながら、嬌声さえ呑みこんでふたりは飛んだ。

「——……っ」

キリエが蜜を噴き上げる。

収斂《しゅうれん》をくり返す中に煽られるようにして、ユアンもまた奔流《ほんりゅう》を注ぎこんだ。

ふたり分の荒い呼吸が室内を満たす。折り重なるように倒れこんできた身体を抱き締め、その汗の匂いにさえ酔いしれた。

熱に浮かされたまま唇を重ねる。触れては離れ、離れては食み、そんなふうに何度も何度も求め合えることがうれしい。

そっと唇を離したユアンが顔を覗きこみ、愛しくてたまらないというように目を細めた。

「ここに、いるんだな」

「ユアン」

「おまえをなくさなくて良かった……」

大切に抱き締められて胸が熱くなる。

それを言うなら自分の方だ。あの時、暗い森で同胞たちに囲まれたあの時、ユアンをなくさなくてほんとうに良かった。自分と生きたいと言ってくれてほんとうに良かった。

だからキリエは顔を上げる。

「わたしたちは、一蓮托生《いちれんたくしょう》だろう?」

互いに種の最後として生まれ、孤独を背負って生きてきた。これまで辛いことばかりだったけれど、これからは、同じ運命をともにするために愛するものと生きていくのだ。誰もそれを止められない。死すらふたりを分かちはしない。

「……あぁ、そうだな」

想いをこめたキリエの言葉に、ユアンがふわりと微笑んだ。

どちらからともなく唇を重ねたふたりは、たちまちそれに夢中になる。熱い舌が口内をくすぐり、情事の名残に火を点けた。

「まだ足りないな。もっとおまえがほしい」

「あ…」

グイと腰を押しつけられて、まだ繋がったままだったことを思い出させられる。ゆるゆると出し入れされるように動かれると、ユアンが放ったもので濡れた中から、ぐちゅん、と淫らな水音がした。

抱き合ったまま上体を起こされ、膝の上に乗せられる。

「あ、んん……っ」

自分の重みでさらに深いところまで怒張《どちょう》を呑みこまされ、中をユアンでいっぱいにされた。

「やっ、あぁっ……あ……」

達したばかりで敏感になっているところを思いがけない角度で擦られ、突き上げられて、あられもない嬌声が洩れる。ほんの少し動かれるだけでもたまらないのに、そんなふうに激しく貪られたらわけがわからなくなってしまう。

ユアンの残滓と自ら放った精液が混じり合い、後孔で淫らな音を立てるのが恥ずかしくて彼の耳を塞ごうとするのだけれど、もはや力の入らない腕は頭を抱き寄せることしかできなかった。

「ん、ふっ……」

小刻みに腰を揺すられながら胸の尖りを舐《ねぶ》られる。舌も露わに舐め上げられ、やさしく前歯で甘噛みされて、花芽は痛いくらいに赤く熟れた。

もっと、してほしい。

もっと深くまで貪ってほしい。

想いをこめて見つめるキリエに、ユアンは覇者然とした笑みを浮かべた。その口には鋭く尖った犬歯が覗き、暗闇に妖しく光っている。

それを見た瞬間、ごくりと喉が鳴った。

不思議と恐くはなかった。それよりも、早くこの身に彼の牙を感じたくてたまらなかった。被虐的な熱に浮かされるままキリエは首筋から髪を払う。ユアンは満足気な笑みを刷くと、迷うことなくキリエの首筋に牙を突き立てた。

「ああっ」

瞬く間に皮膚が避け、切っ先が肉にめりこんでくる。痺れるような痛みを感じたのは一瞬のことで、血を啜り上げられた途端、全身に毒が回るような、身の毛がそそけ立つような感覚に頭の中が真っ白になった。

ヴァンパイアの象徴である牙を受け入れ、雄の証であるユアン自身をも受け入れて、これ以上ないほど満たされる。穿《うが》たれながら血を啜られる快感に抗えず、気づいた時には吐精していた。

信じられないほどの快楽だった。

ユアンが身体を離した直後、お返しとばかりにキリエも喉笛に喰らいつく。そうすると深くまで埋めこまれていたユアン自身がビクンと撓《しな》り、一際怒張を増すのがわかった。

気持ちいい。気持ち良くてたまらない。

突き上げに身を任せるうちに口端から鮮血が零れてしまう。ユアンに舐め上げられるまま、血の味のする唇を重ねた。

互いを与え合い、奪い合うことで自分たちは唯一無二の一対となる。他の誰にも真似はできない。彼だけが自分を満たし、自分だけが彼を満たすのだ。そんな相手とこれからずっと一緒にいられるなんて、目が眩《くら》むほどのしあわせだった。

「キリエ。愛している」

「わたしもだ……」

もう恐れるものはなにもない。

互いを抱き締め、さらに煽り立てながら、ふたりは終わらぬ夜に溺《おぼ》れていった。

火照《ほて》った肌に冷たい感触が心地いい。

いつの間に眠ってしまったのだろう。鎖骨《さこつ》に触れるひんやりとしたものに目を開けると、すぐ前にユアンの顔がぼんやりと浮かんだ。

「これを、おまえに返そう」

そう言って首にかけてくれたのはあのペンダントだ。同胞たちとひと悶着《もんちゃく》起こる前、ユアンが屋敷に置いていったきりになっていたものだった。

「わたしが持っていていいのか」

つい、そんなことを訊いてしまう。

キリエにとっては母親の形見だけれど、元を辿ればユアンが恋人に贈ったものだ。だからこそ彼はそれを首にかけて夜な夜な狩りに出向いたのだろうに。

けれどユアンは静かに首をふった。

「おまえが受け継いだものだ。おまえのものだ」

「だが」

「キリエに持っていてほしいんだ」

まっすぐに告げられる。

わかったと頷くと、ユアンはそっと漆黒の目を細めた。それからゆっくりと窓に目を遣る。ガラスの向こうには、少しだけ欠けた下弦の月が白い光を投げかけていた。

作りもののような静謐《せいひつ》な世界。

いつまでも続くものでないことを、ふたりともが知っている。

「……今夜、ここを出よう」

だからそう言われた時も驚きはなく、むしろ「そうか」と思っただけだった。

自分たちが置かれた状況を鑑《かんが》みれば、それはしかたのない決断だった。

騒動によって面目《めんぼく》を潰された国家機関は、報復として次は徹底抗戦を目論《もくろ》むだろう。ここもシールドを張り直したようだが、居場所を突き止められるのはもはや時間の問題だった。

それに、かつてスレイヤーの頂点に君臨していたキリエがヴァンパイア側に寝返ったとあっては、犯罪者を捕まえて拷問にかけよと教官たちは躍起になっているだろう。

見つかったが最後、ふたりとも血祭りに上げられる運命だ。

だからこそ、そうなる前にここを離れなければならない——頭ではわかっているつもりでいても、思い出の場所を離れることへの寂寥《せきりょう》感にキリエはそっと唇を噛んだ。

「ここを去っても、俺たちの記憶まで消すことはできない」

ユアンが背中を押すように静かに頷く。わずかに揺れる漆黒の瞳を見上げながら、彼もまた寂寞《せきばく》としたものを抱えているのだとわかって胸が詰まった。

「美しいまま終わりにしよう。屋敷を更地にしていく。やつらに荒らされるのだけは耐えられない」

「ユアン……」

もう、ここには二度と戻れないのだ。

息を呑むキリエの頬を、ユアンの大きな手がそっと包んだ。

「俺と生きるというのはそういうことだ。それでも俺を選べるか」

挑むように、祈るように。

自分の意志で覚悟を決めさせようとしているのだとわかり、キリエははっきりと頷いた。迷う余地などどこにもない。ユアンでなくては意味がないのだ。

「わたしは、おまえがいればそれでいい」

これからはふたりで生きていくのだから。

「俺もだ」

静かに誓いのキスを交わしたふたりは身支度を整え、大広間のバルコニーに出る。

感慨深げにぐるりと部屋を見渡した主は、過去をふりきるように静かにビロードのカーテンに火を点けた。

布地を這った炎は瞬く間に燃え広がり、思い出の部屋を呑みこんでいく。壁を焼き、天井を焦がし、次々とすべてを無に返していく紅蓮《ぐれん》の炎を目に焼きつけて、キリエはまっすぐにユアンを見上げた。

「ここであったすべてを忘れない。わたしは、おまえと生きる」

この愛だけを胸に抱いて。

「さぁ、わたしを攫《さら》っていけ」

伸ばした腕を引き寄せられ、柵を蹴って夜空に飛び出す。
皓々と照る月が、これからのふたりを祝福するように輝いていた。

殉愛のレクイエム

暗い廊下にコツコツという足音が響く。

目指す部屋から細く灯《あか》りが洩《も》れているのを見つけ、ユアンはそっと目を細めた。

自分ひとりなら点《つ》けることのない照明も、人間である恋人といる時は必要になる。オレンジのあたたかな光はカイそのもののようで、こうして暗闇で目にするといつも気持ちがほっと和《なご》んだ。

――ヴァンパイアが灯りにやすらぎを覚えるなんて、ちょっとおかしな話だが。

苦笑しながら飴色《あめいろ》のドアを押し開ける。

部屋に入ると、カイがテーブルを見つめたままなぜか眉間《みけん》に皺《しわ》を寄せていた。

覗《のぞ》きこんでいるのはチェスボードだ。勝負の途中でユアンが席を外してからゆうに十五分は経っているだろうに、彼は自分が出ていった時とまったく同じ姿勢で飽きもせず盤面を睨《にら》んでいる。

「なんだ。まだ悩んでたのか」

肩を竦《すく》めながら声をかけると、カイは視線を動かさないまま、形のいい唇をほんの少しだけ尖らせてみせた。

「そうは言っても、すごく大事な場面なんだよ」

「どう見てもおまえの負けだと思うが」

「それをどうにかできないかと思ってるんだけどねぇ」

うーん、とカイが腕組みをする。小首を傾げた拍子に、肩ほどのアッシュブラウンの髪がさらさらと揺れた。

凛《りん》とした品のある横顔。

常に口元にたたえた笑みが柔和な雰囲気を醸《かも》している。光によって自在に色を変える美しい琥珀色《こはくいろ》の瞳は、じっと見つめると吸いこまれそうで、いつもどれだけ眺《なが》めても飽《あ》きることがなかった。

その目が、今は盤面だけを見つめている。

それが少しおもしろくなくて、ユアンは片手でくしゃりとカイの髪を掻き混ぜた。

「もう一勝負するか？」

「まだ終わってないでしょう」

性格はいたって温和なカイだが、これがなかなかの負けず嫌いで、ことチェスとなると熱くなる。

盤上の駒は残り少なく、今まさにユアン率いる黒のルークが白のクィーンを狙おうという場面だ。

これを避けることは可能だが、そうすると後に控えたビショップが王手をかける。

自分からすればお手上げという場面なのだけれど、カイはそう簡単に諦めるつもりはないらしい。

こんな時はなにを言っても右から左だと知っているユアンはやれやれと小さく嘆息した。

今夜は、目を覚ますなりカイの部屋に連れてこられ、有無を言わさずチェスの相手をさせられた。

どうしても試してみたい手があるというので、どんな作戦を立てたのかと思いきや、それを披露している最中にあっさり穴が見つかり計画は早々に頓挫《とんざ》したらしい。それでもどこかに起死回生の一手があるに違いないと言うので、また一晩中つき合うことになるのだろうなと覚悟しながら成り行きを見守っていた次第だ。

カイは、チェスが下手なわけではない。

誰にでも向き不向きがあるように、素直な性格ゆえに相手の裏をかくのが苦手なだけだ。もし彼がヴァンパイアだったら、そのやさしさはスレイヤーとの戦いにおいて大きなハンデになっただろうが、ゲームとして楽しむ分には問題はない。

逆に、ユアンにとってチェスは他愛もない遊びだった。

駒の役割はルールとして決まっているし、マス目に沿って動かせばいいだけだ。いつどうなるかわからない実戦に比べれば、限られた選択肢の中から相手の意図を読むぐらいなんでもない。

——本物の戦いはどんな感じ？

カイは時々、駒を動かしながら無邪気に訊《たず》ねることがある。

そのたびにユアンは答えに窮《きゅう》した。

これまで自分が経験してきたような血生臭い話をしても、カイを恐がらせるだけだ。自分がヴァンパイアであることも、人の生き血を啜《すす》ることも彼は理解してくれていたけれど、心のきれいな恋人にできるだけ嫌なものは見せたくなかった。

彼は、人間だから。

自分とは違う生きものだ。生まれた時代も、生きてきた場所も、習慣も価値観もなにもかも違う。だから一緒に暮らしはじめてからというもの、ユアンは人の営みを徹底して学んだ。カイを理解したかったからだ。

カイのために家財道具を揃《そろ》え、その使い方を教わった。

マッチの擦り方から火の起こし方、湯の沸かし方に至るまで、生活に関わるありとあらゆることだ。

掃除や洗濯といった面倒事は大抵使い魔にやらせていたが、「それくらい自分で」とカイが率先して箒《ほうき》を手にすることもあり、オロオロと恐縮する使い魔についつい笑ってしまったりした。

料理だってカイに習ったものだ。

はじめこそそのややこしさに辟易《へきえき》したが、慣れてくると、作ることそのものを楽しいと思うようになった。やはり食べてくれる相手がいるというのは張り合いがある。今ではカイ本人以上に彼の健康状態が気にかかる始末だ。世界広しと言えど、こんなヴァンパイアは自分ぐらいのものだろう。

ようやく決心がついたらしく、慎重に白い駒を動かすカイを見ながらユアンはそっと眉を下げた。

――この集中力自体は尊敬しているんだがな……。

「少し休憩したらどうだ。結局夕食も摂《と》らなかっただろう」

時刻はもうすぐ二十二時になろうとしている。

皿に載せたサンドイッチを差し出すと、ようやくそれに気づいたらしいカイが驚いて顔を上げた。

「作ってきてくれたんだ」

「さっき、そう言って部屋を出たんだが」

「え？　あの……ごめん……」

聞いていなかったのが丸わかりだ。それぐらい勝負に集中していたのだろう。しゅんとなりながら皿を受け取るのがおかしくて、ユアンはつい笑ってしまった。

「夢中になるのはいいが、食事を抜くのは身体に良くない。これもおまえに教わったことだ」

「そうだよね。ありがとう。いただきます」

カイはていねいに両手でサンドイッチを取り上げる。そうして一口囓《かじ》るなり、ぱっと顔を輝かせた。

彼の好きなコールドチキンとほうれん草のソテーを挟んであるのだ。

「すごくおいしい」

「そうか」

満面の笑みがなんともくすぐったい。

「ユアンみたいな専属のシェフがいてくれるなんて、贅沢《ぜいたく》だよねぇ」

「こうしてチェスもできるしな」

黒のナイトをひょいと動かす。

「チェックだ」

「狡《ずる》い！」

「狡くない。ほら、食う方に集中しろ」

しばらくは頬《ほお》を膨《ふく》らませていたカイだったが、二口、三口と食べるうちにそんなことすっかり忘れてしまったのか、にこにこしながら「おいしい」を連発した。

普通にしていれば年相応に見えるのに、こんな時はまるで子供だ。

カイの場合は特に食べることが好きなようで、珍しい食材に出会うたびに目をきらきらとさせる。探究心あふれる性格はこんなところにも活かされるのか、どこぞの国の名物がおいしいと聞いたから取り寄せたいなどと言い出しては使い魔が頭を抱える一幕もあった。

実際、自分に教えたレパートリーだけでも相当な数だ。中には十時間つきっきりで作るスープのレシピまであり、その時はユアンとカイが昼夜交代で鍋を掻き回したりした。

――まぁ、そこまで好きでも卵料理だけは作らないわけだが……。

口にしようものならまた頬を膨らませるだろうから言わないけれど。

そんなことを考えているうちに、カイはペロリと夜食を完食した。

「よく食べたな。少し多いかと思ったが」

「しっかり腹拵《はらごしら》えした方が頭が働くんじゃないかと思って。次こそ勝つよ、ユアン」

テキパキと駒を並べ直しながらカイが宣言する。どうやらもう一勝負あるようだ。

向かい側の椅子に腰を下ろしたユアンは手を伸ばし、カイの口元についていたパン屑《くず》を拭《ぬぐ》った。

「ほんとうに子供みたいだな」

くすりと笑うと、カイは照れ隠しに眉間に皺を寄せる。

「ユアンみたいなおじいちゃんと一緒にしないでよね」

「人を年寄り扱いするな。そう長く生きてるわけでもないぞ」

「でも、ぼくの倍は年上でしょう」

上目遣いに睨まれて、悪いと思いながらも噴き出してしまった。

「そんなもんだと思ってたのか？　もっとだ。そうだな——おまえの十倍は生きてるだろうな」

「じゅっ……、十倍!?」

カイが素っ頓狂な声を上げる。理解の範疇《はんちゅう》を超えたのか、ぱちぱちと瞬《まばた》きをくり返していた恋人は、ややあってしみじみと呟いた。

「すごくおじいちゃんだったんだね、ユアン……」

「なんだと」

言うに事欠いて『すごくおじいちゃん』とはなんたる言い草だ。

顔を顰《しか》めるユアンに、カイはおかしそうにくすくす笑った。

「どうりで早起きだと思った」

本来であれば狩りの時間帯である深夜に活動できればそれでいいのだが、自分には起きている間にいろいろとやることがある。おかげで地平線に日が沈むや否や棺《ひつぎ》から起き出す毎日だ。

「おまえの夕食の支度があるだろう。誰かさんが無茶難題を言いつけるせいで使い魔の泣き言も聞いてやらなくちゃならん。他にも仲間たちと連絡を取り合ったり、俺はこれでも忙しいんだ」

おかげで棺に戻るのはいつも朝日が昇るギリギリだ。うっかり日の光を浴びて火傷《やけど》でもしたらどうしてくれる。

そう言うと、カイは小さく笑い、それからゆっくりりと首をふった。

「ユアンはそんなヘマはしないよ」

「ずいぶん買い被ってくれるじゃないか」

「頼り甲斐があるもの。どんなことがあっても、いつでもなんとかしてくれたでしょう」

「世渡りの知恵のようなもんだがな」

なにせ、数世紀も生きていればそれなりに修羅場を潜《くぐ》りもするし、処世術の類《たぐい》も身についてくる。身に降りかかった火の粉を払い除ける方法や、ほしいものを手に入れるための手段など、挙げはじめたらきりがない。それをひとつひとつ体験として身につけてきた。

「そのおかげで、おまえの知らないようなこともたくさん知ってる」

この世には、裏の顔というものがある。闇に紛れて交わされる密約のなんと多いことか。

他人を意のままに操る呪いや、敵に災いをもたらす呪詛《じゅそ》。不老不死を企む悪魔召喚。そして死してなお甦《よみがえ》り、血を貪《むさぼ》り、闇を彷徨《さまよ》う存在になるための方法も――。

「たとえば、どんな？」

あかるい声にはっとする。

純粋な期待の籠《こ》もった眼差《まなざ》しに、ユアンは慌てて頭の中の答えを掻き消した。

――いけない。

つい、口が滑った。闇の中で蠢《うごめ》く恐ろしいものなど、彼は知らないままでいい。

自分自身が怪物そのものであることなど百も承知で、ユアンはカイに気づかれぬようそっとため息を押し殺した。

いつまでも答えずにいたら不審に思われるだろう。うまく意識を逸らさせなければ。

駒に伸ばしかけていたカイの手を取り、そのまま手の甲にくちづけた。

「……知りたいか？」

「え？」

わざと意味ありげに低い声で囁くと、初心《うぶ》な恋人はたちまち顔を赤らめる。いったいどんなことを想像しているのやら、それらを悉《ことごと》に訊き出してやりたい衝動に駆られた。

二十歳をいくらか過ぎたばかりの人間に、ヴァンパイアの始祖が骨抜きになるなど――。

これまで何度となく自問してきた言葉をあらためて胸の中でくり返す。答えなんてなかったけれど、それこそが恋という抑えられない衝動の証とも言えた。カイといるだけで自制なんて利かなくなる。長年生きてきてこのザマだ。そんな自分がおかしくもあり、どこか快《こころよ》くもあった。

――それも、あとどれだけ続けられるのか……。

しあわせだと実感するたび、そんな不安がふっと過《よぎ》る。胸の奥にぽっかり空いた暗い穴を嫌でも思い知らされた。

彼は、人間だから。

いずれ遠からぬうちにこの世からいなくなる。それが何年後になるかはわからなくとも、失ってしまうことに変わりはなかった。

わかっていた。

わかっていて、彼を愛した。そして彼に愛されたかった。刹那すぎることなど承知の上で、心から愛した人と結ばれたかった。

何度己に言い聞かせても、胸に巣食う不安はなくならない。

もやもやとしたものをふりきりたくて、ユアンは強く恋人の手を引いた。

「あ……」

とっさにテーブルに手をついたカイが、バラバラと床に落ちる駒を目で追いかける。

「ユアン、駒が……」

「後で拾えばいい」

「でも」

「知りたいんだろう？」

言葉尻を奪い、耳元で甘く囁いた。

こんなふうに唆すなんてまるで悪魔だ。誘惑を嗾《けしか》けてなにもかもわからなくさせる。狡い手段だとわかっていたけれど、焦《あせ》りにも似たこの思いをカイにだけは知られたくなかった。

「あの、ユアン……」

強引なやり方に戸惑っているのか、カイは目を泳がせるばかりだ。ユアンは腕を伸ばして恋人を抱き上げ、そのまま自分の膝《ひざ》に座らせた。

「おまえに教えてやる。おまえの知らないことを、ひとつひとつな」

「……っ」

耳朶に唇を寄せると、カイが小さく息を呑む。それすら空気に溶けてしまうのが惜しくて、記憶に刻みこむように細い肩口に額を埋めた。

今だけは考えないでいたい。束の間だとわかっているからこそ、もう少しだけ目を閉じて甘い夢に浸っていたい。

せめてしあわせな、この瞬間だけは——。

そっと、遠慮がちな手つきで髪を撫《な》でられる。

つられるようにして顔を上げると、カイが心配そうな目でこちらを見ていた。

「どうした」

「ユアンは、嘘《うそ》が下手だ」

見透かされているのかとギクッとなる。

——そんな、まさかな……。

「人を嘘つき呼ばわりするのは感心しないな」

苦笑とともに煙に巻いてしまおうとしたけれど、カイはそれを許さなかった。

「ごめんね。ぼくのためを思って、わざとごまかそうとしてくれたんだよね。……でもユアン、そんな顔してたら、ぼくだってわかるよ」

思わず言葉を呑んだ。表に出していたつもりなどなかったのに。

それすらカイには伝わったのだろう。

「好きな人のことは、わかっちゃうんだよ」

「カイ……」

いつもおだやかな恋人が、実は鋭い観察眼を持っていたのだと思い知らされる。

カイは真剣な面持ちで居住まいを正した。

「ぼくは、なにを言われても逃げたりしないよ」

「カイ?」

「ぼくはきっと、ユアンのことをまだ全部知らない。今把握してることももしかしたら半分にも満たないかもしれない。それでもぼくはひとつずつ知っていければいいと思ってるし、もしきみが話したくないならそれでもいいと思ってる」

「そう、なのか」

「長く生きていればいろいろあるでしょう。『すごくおじいちゃん』なんだもの」

カイはそう言って茶化してみせる。

なにかが喉に閊《つか》えた気分だ。うれしいのに、とても苦しい。

「おまえは、それでいいのか」

「いいよ」

「……ためらわないんだな」

「そういうのは、全部置いてきたから」

あっけらかんと笑うのを見ているうちにますます苦しくなってきて、ユアンは唇を引き結んだ。

カイの手が伸びてきて、やさしく頬を撫でてくれる。

「きみがヴァンパイアと知っていて、それでも一緒にいたくてここに来たんだ。ユアンを伴侶に選んだことをぼくは後悔したりしない」

「――」

息を、呑んだ。

まっすぐで、どんなことにも一生懸命なカイ。やさしくて、あたたかくて、はじめて自分に愛情というものを教えてくれた。ヴァンパイアである自分とともにあることを望んでくれた。それだけで充分だと思っていたのに。

「だからもし話したくなったら、話してもいいと思えたら、ぼくはいつでも聞くからね。寝てる時でも起こしていいよ。ちゃんと起きるって約束する」

「カイ……」

「寝惚《ねぼ》けて文句言ったりしないように練習しておかないと」

表情は確かに笑っているのに、琥珀色の瞳だけはどこかせつなげに揺れている。それを見るうちに、彼はほんとうは自分にすべて打ち明けてほしいのだと気がついた。

けれど、それはできないことだ。

彼が人である限り。

ヴァンパイアは吸血衝動と無縁には生きられない。喉の渇きを癒《い》やすまで餌《えさ》を求めて闇を彷徨う。餌である人間こそ彼の同族だ。仲間がヴァンパイアに殺される話なんて聞いていて気持ちのいいものではないだろう。人間に仲間を消されたことのある自分だからこそ、その気持ちは痛いほどわかる。せめてカイだけは自分と同じ思いをすることなく、最後まで人間らしく生きてほしい。その方がいいんだ。

厳しい表情を崩さないユアンに、カイはゆっくり首をふった。

「恐い顔してる」

「俺はもともとこういう顔だ」

「そうだね。……そういうところ、やさしいね」

でも、とカイはなおも言い募る。

「誰かに話すことで気持ちが楽になることだってあるでしょう。文句言っていいんだ。愚痴だって。人間なんかを恋人にしてって仲間にからかわれたこと、ぼくに八つ当たりしていいんだよ」

「なにを言ってるんだ。どうしてそれ……」

思わず言ってしまってから、しまったと思った。これでは肯定しているも同然だ。

カイはいつから知っていたのか、少し寂しそうに笑った。

「ぼくが家を出た時、家族から同じことを言われたぼくを支えてくれたのはユアンでしょう。すごく心強かった。同じことをしてあげたかったのに、気づかなくてごめん」

「どうしておまえが謝る。あんなものただの戯《ざ》れ言《ごと》だ、気にするな」

「ユアンは強いね。ぼくなんかとは比べものにもならないくらい……」

カイは一度言葉を切り、意を決したように眼差しに力をこめる。

「でも、だからこそ、ひとりで抱えこまないで。ぼくにも重荷を背負わせて」

「カイ……」

その思いがひしひしと伝わるだけに胸が痛んだ。

――恋人と、すべてをわけ合えたら……。

そんな誘惑に駆られる。心が揺らされそうになる。

けれど、それはいけないことだ。

自分といるために信仰さえ投げ打ったカイが、それでも今も無意識に十字架を心の拠り所にしていることを知っている。生まれた時からそうしてきたのだ。無理もない。そんなカイに、これ以上神を裏切れと言うことなどできなかった。

沈黙を拒絶と取ったのだろう、カイが力なく顔を歪《ゆが》める。今にも泣き出しそうな、それを一生懸命こらえる顔に胸が抉《えぐ》られる思いだった。

「そう…だよね。荷物をわけ合ったって、ずっと一緒にはいられないもんね」

「それは言うな」

唐突に核心に迫られて、つい声を荒げてしまう。

カイはそれでも話すのをやめようとはしなかった。

「ユアンは、ぼくが死んだ時のことを考えたことはない？」

「――――」

小刻みに揺れる琥珀色の瞳。その眼差しも、その表情も、すべてを記憶に刻む思いでユアンはまっすぐに目を見つめ返した。

「考えないわけがない」

「だったら」

「おまえは、死ぬことが恐いか」

カイはその問いに少し驚いたようだ。意外だったのかもしれない。幾度か瞬きをした後で、ゆっくりと首をふった。

「死ぬことは恐くない。ユアンを置いて逝《い》くのが嫌なだけ」

「そうか」

静かにカイを抱き寄せる。腕に収まる細い肩を壊さないように包みながら、愛しいアッシュブラウンの髪にくちづけた。

「おまえをずっと見守っていよう。最期の瞬間まで、ずっとだ」

「でも、ユアンは……」

「おまえが死んだ後は、おまえのことを想って生きていく。だから俺はひとりじゃない」

「……っ」

「おまえは俺をひとりにしない。だから大丈夫だ」

カイが息を呑むのがわかる。小刻みに震えはじめた背中を何度も撫でながら、ユアンは「大丈夫だ」とくり返した。

「ユアン……」

しがみついてくる恋人を強く抱き返しながら、心の中で己に誓う。

瘦《や》せ我慢と言われようとも、カイのためならなんだってしてやる。そのための力だ。そのための処世術だ。

自分たちは生きる時間の尺度が違う。

けれど、互いを想う気持ちに変わりはない。

だから恋人を不安にさせないように、たとえ束の間だったとしても精一杯しあわせにできるように。

そうして最期の瞬間を迎えた時には名残《なごり》なく逝けるようにしなければならない。

ほんとうは恐くてたまらないことも、喪失の恐怖と戦っていることも、すべて胸の奥に押し隠して
ユアンはぬくもりに頰を寄せる。

このまま時が止まってしまえばと、それでも子供じみたことを願って。

＊

決断を下したのは彼の方だった。

おだやかだったカイが、恐いほど真剣な顔で「仲間にしてほしい」と告げたのだ。

「きみを遺《のこ》して死にたくないよ」

あれから、何度となく同じ話をくり返してきた。最期まで一緒にいると言葉を重ねてきたけれど、その小さな胸には棘《とげ》のように抜けないなにかが刺さり続けていたのだろう。カイはまっすぐな目で、来る日も来る日もユアンにそう訴え続けた。

揺れない、わけがなかった。

願ってもないことだと思う自分がいた。

けれど同時に、それだけはできないと頑なに首をふる自分もいた。

仲間にするということは、カイの命を奪うことだ。身体中の血を呑み干し、心臓を止め、人間としての生を終わらせることだ。うまくいけば数日の眠りを経て、彼はヴァンパイアとして甦るだろう。

けれど蘇生が失敗すればすべてが無駄になってしまう。

この手でカイを殺すなんてできない。

それなのに、もうひとりの自分が悪魔のように囁《ささや》くのだ。手を拱《こまぬ》いているだけではカイを失うことに変わりはないと。

今のままでは、カイの寿命がいつ尽きるかわからない。不慮の事故や疫病が原因である日突然いなくなってしまうかもしれない。そうなってからでは遅いのだ。死んでしまった人間をヴァンパイアにすることはできない。

隣国で流行病《はやりやまい》が多くの死者を出したと聞いた。人々が家に閉じこもりがちになり、招き入れられなければ初見の家に入れないヴァンパイアたちが餓《う》えのあまり国境を越える騒ぎになったからだ。

この国も、いつそうなるとも知れない。

いくら人里離れた屋敷で暮らしているとはいえ、使い魔の運んでくる食べものになにかが混ざっていたら、自分が狩りに出た時に病の種を拾ってきたとしたら、カイに防ぐ手立てはないのだ。

やるとしたら今のうちだ。

それでも——。

迷うユアンの背中を押したのは、やはりカイだった。

「ぼくを、ユアンのものにしてほしい。きみと生きたいんだ」

「眷属《けんぞく》になってまでか」

カイが頷《うなず》く。まっすぐな眼差しは眩しいほどで、だからこそ迷いが生じた。

「ヴァンパイアは、おまえが思っているほどいいものじゃない。人を殺す生きものだ。そんなものにおまえはなりたいのか」

「ユアンと同じ時を生きられるならそれでいい」

「人の生き血を啜るんだぞ。おまえにできるわけがない」

包丁で指を切っただけで大騒ぎするようなカイが、誰かの首筋に歯を立てるなんて。

「スレイヤーと戦うことだってある。実戦はゲームとは違う。やり直しなんてない」

チェスですら一度も自分に勝ったことのないカイが、スレイヤーたちと互角に渡り合えるとは思えなかった。

「それに、これまでのような食事もできなくなる。うまいものを食べてもなにも感じなくなるんだぞ。おまえの好きなコールドチキンのサンドイッチも、ミネストローネも、なにもかもだ」

食べることが好きなカイにはきっと痛手になるだろう。そう思って言ってみたのに、恋人はなぜか微笑むばかりだった。

「食べ収め、したつもりだから」

その言葉にはっとさせられる。……どうりで最近、好物ばかりリクエストされたはずだ。カイはすべてをわかった上で覚悟を決めようとしていたのだろう。

「料理をしてるユアンを見るのが好きだったよ」

まるで決定事項のような口ぶりで。

子供じみているとわかっていても、それでも訴えずにはいられなかった。

「そうやって人の趣味を奪うつもりか」

「ごめんね」

「おまえのためじゃなきゃ、あんな面倒なことなんて覚えなかった」

「そうだね」

「まだ作ってないものだってたくさんあったんだ」

「うん。わかってる」

それでも。

「全部捨てても、ユアンといたい」

胸をドンと突かれたような衝撃に目を瞠る。そこまで想ってくれている恋人にばかり犠牲を払わせていることがたまらなかった。

「俺は、おまえに捨てさせてばかりいる」

カイはゆっくりと首をふる。

「自分勝手に引きこんだって思ってるなら、それは違うよ。ぼくが、自分の意志でそうしたんだ」

「カイ」

「きみと生きることをぼくが選んだ。これまでも、そしてこれからも……。だからユアン。ぼくを仲間にしてほしい。ともにいることを認めてほしい」

「……っ」

そんなふうに言われて、なお頑なでいられるわけがない。

「ユアンの、ほんとうの気持ちを教えて」

まっすぐに見上げる琥珀の瞳。

そこに映る自分を見た瞬間、心が決まった。

このまま死に怯《おび》えるか、死を越えた永遠を手に入れるのか。どちらを選んでも苦しいのなら、後悔さえも引き連れて生きよう。カイをなくすことより他に耐えられぬことなどないのだから。

人間の血が啜れないなら自分の血をわけ与えよう。スレイヤーの杭が避けられないなら自分が彼の盾になろう。そうやって全身全霊でカイを守ろう。それこそが自分の新しい使命だ。

ユアンは意を決して恋人を引き寄せる。

後ろ髪引かれそうになる己を叱咤《しった》して、ユアンは決然とカイに告げた。

「ともに生きたい。失いたくない――」

＊

「――ご苦労だった。引き続き頼む」

労《ねぎら》いの言葉に一礼した男が音もなく霧に姿を変える。ヴァンパイアの中でも情報伝達を担《にな》う仲間のひとりだ。

窓の隙間から出ていくのを見送っていると、後ろから声をかけられた。

「ユアン」

「あぁ、起きたか」

カイだ。物音が気になって、いつもより早く起きてきたのだろう。

「なにか大事な報せ？」

まだ眠たそうに目を擦《こす》ってはいるものの、あいかわらず勘は鋭い。こちらが伏せておきたいようなことがある時は特に。

案の定、琥珀色の瞳が「もしかして、良くないこと？」と続けている。さすがに黙っているわけにもいかないだろうとユアンは内心ため息をついた。どのみち、近いうちに話さなければならないことだったからだ。

「座るといい」

ユアンの勧めに従って、カイがおとなしく椅子に腰を下ろす。

「なにか飲むか」

「ぼくはいい。ユアンは？」

「ワインを開ける」

「……そういう、話なんだね」

「まぁな」

少なくとも、楽しく語れるような内容ではない。

血のように赤いワインをグラスに注ぐと、ユアンは気付とばかりにそれを呷《あお》った。

普段こんな呑み方をしたら行儀が悪いと諫めるカイも、今は心配そうに見つめるばかりで言葉を挟もうとはしない。

空《から》になったグラスを置くと、ユアンは低く呟いた。

「仲間がやられた」

カイがはっと息を詰める。

「仲間って、誰が……」

「おまえもよく知っている男だ」

断腸の思いで名を告げるなり、カイはみるみる顔を歪めた。

「どうして……」

無理もない。懇意にしていた男だ。カイが仲間になったと知って、一番に歓迎の挨拶《あいさつ》に来てくれたのもあの男だった。カイにとって、ユアンの次に親しくしていたヴァンパイアだったと言ってもいい。頻繁《ひんぱん》に顔を合わせることはなくとも、近しい存在に思っていただろうに。

「国家機関がヴァンパイア討伐に乗り出していることはおまえも知っているだろう。やつらは俺たちを根絶やしにしようとしている。そのためにはどんな手段も厭《いと》わない。見つかったら最後だ」

追い詰められ、捕らえられ、処刑される。考え得る限り最も残酷な方法で。

「……」

カイは震える手で十字を切り、今や灰と化してしまった仲間のために祈りを捧げる。

その青ざめた頰を見つめながらユアンはそっと奥歯を嚙《か》んだ。

これからもたびたびこうしたことは起こるだろう。そのたびに、カイは心を痛めながら生きていかなくてはならない。

ヴァンパイアと人間は敵同士だ。自分たちが彼らを襲うように、彼らもまた自分たちを排除したいと思うのは当然のこと。頭ではわかっていても、そんな終わりのない戦いに無垢《むく》な恋人を巻きこんでしまった罪悪感は否めなかった。

死の不安から解き放たれたヴァンパイア。

けれど、その身には常に討伐の恐怖が忍び寄る。

呆然としたままのカイを引き寄せ、そっと腕の中に抱き締めた。

「心配するな。おまえは俺が守る」

「ユアン……」

背中に回された腕に力がこもっていく。

そうしてどのくらい経っただろう。やがて落ち着きを取り戻したのか、カイは静かに身体を離した。

「そう言ってくれてありがとう。うれしかった。やっぱりユアンは格好いいね」

「今頃気づいたのか」

軽口で返してやれば、カイはうれしそうに控えめに微笑《ほほえ》む。

「だからぼくも、ユアンにふさわしくならなくちゃ」

「カイ？」

「守られてるだけじゃだめだと思うんだ」

声のトーンがわずかに変わる。強い決意が宿る眼差しに、ふと、嫌な予感がした。

「せっかくユアンをひとりにしない身体にしてもらったのに、お荷物にはなりたくない」

「おまえのことをそんなふうに思ったことはない」

「うん、知ってる。それでも、これはぼくの気持ちの問題だから」

「俺に守られるのは嫌か」

「そうじゃないよ。……ごめんね、ユアン。嫌な気持ちにさせたね」

そっと髪の一房《ひとふさ》を取り、その先端にくちづけられる。聞きわけのない相手を宥《なだ》めるような大人びた仕草に、ますますもやもやとした不安のようなものが募った。

「ユアンと一緒に生きたいんだ。だからぼくも戦えるようになりたい。そしていつか、きみにもぼくを頼ってもらえたらうれしいなと思ってるんだよ。ぼくだって男だからね」

そう言ってウィンクまでしてみせる。自分を安心させようと、わざと空元気にふるまっているのがわかるだけになんとも言えない気分になった。

カイは人間として生きてきた。農夫として農耕機具を扱ったことはあっても、その手に剣を持ったことなど一度もなかったはずだ。ましてや誰かを殺したことも、殴ったことさえないだろう。

争いを好まず、諍《いさか》いを宥めることに長けたカイ。

やさしい男なのだ。それは自分がよく知っている。あたたかいひだまりのように自分を包んでくれる。闇に生きるものとして彼のそんなところに強く惹《ひ》かれた。

だからこそ、カイに人を殺すことはできないと断言できる。

どれだけ訓練を積んだとしても、いざスレイヤーを前にしたらきっと手も足も出ないだろう。相手が人間というだけで足が竦んでしまうはずだ。そうなったら心臓に杭を突き立てられてそれで終わり。永遠に消えてなくなってしまう。

———そんなことはさせない。

生涯、盾になると決めている。カイを眷属にした時から、いや、カイを伴侶に選んだその時から心に決めていたことだ。

己を鼓舞するように強くこぶしを握り締める。

するとそれを見つけたのか、カイが上から両手でそれを包んだ。

「ぼくにもっと適性があれば、安心してもらえたのにね」

「カイ？」

「戦えない、自分の身も守れないヴァンパイアなんて、格好の標的だよね」

全身の血がざわっと沸き立つ。恐ろしい想像に鳥肌が立つ。ほんとうは否定してやりたいけれど、なにも言い返すことはできなかった。

「仲間にしてもらって、これでもうユアンより先に死ぬことはないって思っていたんだ。……それが浅慮《せんりょ》だったって今ならわかる。いつ討伐されるかもわからないのに。彼みたいに、ある日突然消えてしまうかもしれないのに」

人間の時と同じように、ユアンを遺して。

「ぼくばかり狡いことをしていたんだって、ようやく気づいた」

もし始祖が討伐されるようなことがあれば、その子供たちであるすべてのヴァンパイアが消滅する。恐らく最期の瞬間さえわからないほど一瞬で霧散するだろう。

けれど、カイひとりが消えたところでユアンは変わらず存在するのだ。眷属の死を悼《いた》みながら未来永劫生き続けることになる。

全部捨てても、ユアンといたい——。

カイの思いの強さに打たれて彼を仲間にすることを決めた。

けれど一度その命を奪ってなお、先立つ恐怖から救い出せないなんて。

「おまえは狡くなんてない」

言い聞かせるように腕に力をこめる。

「俺とともにいてくれた。それだけで充分だ」

「良くない。そんなの良くないよ」

「俺のことで思い煩うな。こうしていてくれればそれだけでいいんだ」

「ユアン」

抗議の声は止まなかったが、できるのは首をふり続けることぐらいだった。

どのみち、答えなどない。誰も始祖とは同じになれない。この世に生まれたその時から孤独としか寄り添えない運命なのだから。

「おまえが消えた時のことなんて考えなくていい」

「でももしそうなったら、ユアンはぼくのことを考えて生きるって言ったでしょう」

「あぁ、そうだな」

答えた途端、トンと胸を押し返される。自分を見上げる恐いくらい真剣な眼差しに息が止まった。

「いつまでも、ぼくの思い出に縛られるのは良くないよ」

「どういう意味だ」

「ぼくはこうしてユアンといられて、すごくしあわせだと思ってる。でも、ぼくがいなくなった後の時間まで独り占めしていいわけじゃない」

――カイは、なにを言っている……?

理解できなかった。恋人を想って生きることのなにが悪い。

考え倦《あぐ》ねるうちに険しい顔つきになっていたのだろう。カイは宥めるように首をふった。

「伝えておくね。そんな日が来なければいいと思ってるけど、でももし、そうなったら……」

ある日突然、終わりが来てしまったとしたら。

「きみは、新しい生き方をしてね」

「カイ」

「いつかぼくがいなくなっても、どうかユアンはしあわせになってね」

「カイ、やめろ！」

「それが、ぼくが遺す言葉だ」

「いい加減にしろ！」

それ以上言葉にされないように力尽くで抱き竦める。力の加減などしてやれるわけもなく、ただ怒りに任せるまま細い背を掻き抱いた。

触れてほしくなかったところだ。そっとしておいてほしかったのに。

——違う。そうじゃない。

激しく頭をふる。

そうじゃない。なくした後のことなんて考えたくない。ようやくともに生きることができるのだ。

互いにヴァンパイアとして、終わらぬ生を生きることができるのだ。そのためならなんだってする。

カイを守るためなら、なんだって。

「おまえを決して危ない目に遭わせない。約束する」

そのための力だ。そのための自分だ。

「俺からおまえを奪おうとするものは、それがなんであっても許さない」

スレイヤーだろうと国家機関だろうと、ふたりであることを壊そうとするなら容赦しない。たとえどんな理由があろうとも、ふたりの世界を侵すというなら戦うまでだ。だから——。

それ以上の言葉を奪うようにカイがそっと微笑んだ。

「…………ありがとうね」

「……っ」

息を呑む。どこか達観したような眼差しに、じりじりとした焦りがこみ上げた。

「俺の言うことが信じられないのか」

「ユアンが嘘をつかないことは、ぼくが一番良く知ってる」

でも。

カイは一度言葉を切り、きっぱりと告げた。

「そうできなかった時も、どうか自分を責めないでほしい」

「まだそんなことを言うのか」

「でもこれだけは聞いて、ユアン」

「おまえになにがわかる!」

声を上げてから、しまったと思った。

ほんとうはなくすことを恐れているると明言しているも同然だった。恋人にもそれは伝わっただろう。

ビクリと身を竦ませたカイは、目を伏せながらそっと唇を噛んだ。

「……ごめん……………」

そんな顔をさせたかったわけじゃないのに。

重たい沈黙だけが横たわる。

失いたくない——、たったそれだけのことさえ伝えきれないのだと知った。

*

あんな話をして以来、カイとはギクシャクする日が続いていた。

辛うじて言葉は交わすものの、神経質になるせいで会話が続かない。また言い合いになってしまったらと思うと、不用意な発言を避けるために慎重にならざるを得なかった。

こんなふうに、喧嘩《けんか》のようになるのははじめてだ。

これまでも些細《ささい》な意見の相違はあったけれど、話し合いで大抵のことは解決してきたし、どちらも譲歩して着地点を見つけることで新しい在り方というものを作ってきた。

けれど、今回は違う。遺言なんて渡されて譲ってやれるわけがない。

カイもそれがわかっているんだろう。いつもなら、ほとぼりが冷めた頃合いを見て「仲直りしよう」と寄ってくる彼も、今回ばかりは距離を保ち、こちらの出方を窺っているようだった。

それがまた、ユアンの心を頑なにさせる。

――狡い男だ。

心の中で呟いて、ユアンは項垂《うなだ》れたまま首をふった。

自分は狡い男だ。失うことの恐怖をカイ本人にぶつけておいて、それでもまだ歩み寄ってほしいとでも言うつもりか。ごめんだなんて、彼に言わせてしまったくせに。

「……」

ため息しか出ない。

落ち着いて考えてみれば、カイがああ言いたくなる気持ちもわからなくはなかった。

これがもし逆の立場だったら、自分もカイと同じことを言ったかもしれない。自分がこの世から消えてなくなった後まで思い煩《わずら》わないでほしい、誰かとしあわせになることをためらわないでほしいと願ったかもしれない。

遺される立場がこんなに恐いなんて考えたこともなかった。

いっそふたりで消えてしまえたら……気づくとそんな思考に陥《おちい》っていることさえあり、そのたびに激しく己を諌《いさ》めた。

やっと同族として一緒にいられるようになったのだ。今を大切にしなくてどうする。すべてを捨ててまで自分を選んでくれたカイになんと弁明するつもりなのか。

わかっている。

奇跡のように今があるのだということも。こうしていられるだけで充分だということも。それでも想像せずにはいられない。彼を失う日が来たとしたら――。

「くそっ」

堂々巡りばかりくり返す思考回路に思わず舌打ちした。

こんなふうにイライラするのは血が足りていないからだ。満月が近いせいかもしれない。気持ちが昂《たかぶ》って落ち着かず、ならばいっそ狩りに行こうとユアンは椅子を立った。

漆黒の外套《がいとう》を羽織り、バルコニーの扉を開ける。

一瞬、外出することを言い置こうかと迷ったが、一緒に行きたいとねだられたら困ると思い直し、なにも言わずに行くことにした。

この頃、カイのふとした行動にヴァンパイアの片鱗《へんりん》を見ることがある。

そもそも、眷属になったからといって急に人の血を啜ったり、スレイヤーと戦えるようになるわけではない。見た目も人間の時のまま、ただ時が止まっているだけだ。

それでも月が満ちるに従い、彼がそわそわとするのは見て取れた。ヴァンパイアとしての性《さが》が彼を駆り立てているのだろう。そんなカイを見ていると、同族になったのだと肌で感じることができた。

——だからこそ、連れていくわけにはいかない。

ユアンは柵を蹴《け》って夜空に飛び出す。

いつものように遠くの村まで行くのもいいが、今夜はなんとなくカイのことが気にかかる。後ろ髪を引かれたユアンは近くの森の中に降りた。

村外れから伸びるこの街道は、時々商人の馬車が通るくらいで人通りはほとんどない。月が雲間に隠れてしまえば視界も利かず、ヴァンパイアにとっては絶好の狩り場だ。人間たちの間でもこのあたりが危ないということは知れているようだったが、生憎《あいにく》と隣の村まで行くにはここを通らざるを得ず、しかたなしに馬を煽《あお》って一気に駆け抜けようとするものが多かった。

彼らは知らない。ヴァンパイアの腕のひとふりで馬車など木《こ》っ端微塵《ぱみじん》になることを。抵抗する間もなく血を啜られるということを。

「今夜はどんな獲物を狩ってやろうか」

ユアンは無意識のうちに舌舐めずりをする。

この苛立《いらだ》ちを鎮《しず》めるには人ひとりの血では足りない。御者のみならず、乗客も残らず引きずり出してみんなまとめて喰らってやる。

そんなことを考えながら大木の陰に身を潜ませる。

その時ふと、道のずっと向こうの方から微《かす》かに音が聞えてきた。馬車だ。目を懲《こ》らすと、闇の中にぼんやりとランタンの灯りが揺れるのが見えた。

「……ほう」

だがその気配を探るなり、またもイラッとさせられる。

罠だったからだ。

馬車に乗っているのは商人に見せかけたスレイヤーたちだ。ヴァンパイアが襲いかかったところを逆に討伐してやろうという腹だろう。考えたものだ。だがもう少し頭を使えば、小賢《こざか》しい猿芝居などお見通しだとわかりそうなものを。

どうやって思い知らせてくれよう……。

ユアンは静かに目を眇める。闇を睨み据えた、その時——不意に胸がざわっとなった。

——カイ……？

どうしたことだろう。さっきまで屋敷の中にあったはずのカイの気配が薄れている。こんなことははじめてで、妙な胸騒ぎがした。

屋敷にはシールドをかけている。出入りできるとすれば使い魔ぐらいだ。その使い魔がカイを外に連れ出すとは到底考えられなかった。

自分のいないところで、いったいなにが……。

どうも落ち着かない。腹癒せに一暴れしてやろうかと思っていたが、食餌《しょくじ》はまた今度にして、一度屋敷に戻った方が良さそうだ。カイになにもないことが確認できたらまた出直せばいい。

そう自分に言い聞かせ、踵《きびす》を返しかけた時だった。

「……！」

不意に背後から襲われ、すんでで杭を避ける。馬車はあくまでダミーで、それ以外にもあちこちにスレイヤーたちが潜んでいたらしい。こんな雑魚《ざこ》にも気づかないなど、普段のユアンからは信じられないような失態だった。

「見つけたぞ！」

「ヴァンパイアだ。殺せ！」

スレイヤーたちは口々に叫びながらユアンの周りを取り囲む。

苛立ちを隠しもせずユアンは腕をふり上げた。

「俺の邪魔をするな」

「……ッ」

スレイヤーたちが烈風に吹き飛んでいく。中にはしぶとく勝負を挑もうとするものもいたが、鋭い爪でかき裂いて二度と起き上がれないようにしてやった。

こうしている間にも嫌な予感は募っていく。

いても立ってもいられず、急いで屋敷に戻ったユアンが見たものは、屋敷の裏口で倒れている使い魔の変わり果てた姿だった。

「なっ」

息を呑んだきり絶句する。

――嘘だろう……。

長い間仕えてくれていた下級悪魔だった。使役《しえき》のくせに妙に愛嬌《あいきょう》のあるやつで、最近はカイを驚かせることを密かな楽しみにしていると楽しそうに語ったこともあった。

今夜も、ユアンの気に入りのワインが手に入ったからと、カイへの土産《みやげ》も添えて届けに来てくれることになっていた。だから屋敷の裏口だけは使い魔が通れるようにしておいたのだ。それが徒《あだ》になるなんて。

恐らく裏口を開けたところを、後をつけてきたスレイヤーたちに襲われたのだろう。一撃で急所を突かれ、防御する間もなかったに違いない。

「すまなかった……」

ユアンは使い魔の亡骸《なきがら》を屋敷の中に運びこむ。そうして再び立ち上がると、すぐさま奥に向かって駆け出した。

暗い廊下に自分の足音だけが響き渡る。

使い魔が殺されたということは、ヴァンパイアであるカイが無傷でいるとは思えなかった。

――ばかを言うな……！

心の中で己を叱咤する。そんなこと、間違っても二度と考えるな。カイは無事でいるはずだ。

恋人の気配の感じられない屋敷の中を、それでもなにかの間違いだと信じて探し回る。声を限りにその名を呼べど応えが返ることは一度もなかった。

「カイ！　カイ！　どこにいる！」

走りながら、悔しさに目の前が真っ赤に染まる。スレイヤーだ。あいつらがカイを連れ去ったんだ。自分が目を離したわずかな間に。

「カイ！」

ほんの数十分前のことが頭の中でぐるぐると回る。

自分が帰るまで決してドアを開けるなとカイに言っておきさえすれば。あるいは使い魔が来るまで自分がもう少しだけ待っていれば。こんなことは起きなかった。こんなことにはならなかった。

――落ち着け。助ける方法だけ考えろ。

何度も自分に言い聞かせる。

幸いなことに、ヴァンパイアは眷属との繋がりが強い。彼がまだこの世に存在しているということだけは辛うじて感じられた。時間的なことからしても、まだそう遠くには連れていかれていないだろう。気配を探ればきっと見つけられるはずだ。いや、絶対に見つけてやる。そしてカイを救い出す。

「待っていろ……！」

吐き出した声が怒りに震える。

漆黒の双眼を閃《ひらめ》かせ、ユアンは再び闇へと身を躍《おど》らせた。

捜索は焦燥との戦いだった。

気が狂ったように探し回ったものの恋人を奪還することはできず、ようやくのことで居場所を突き止める頃にはカイの気配は風前の灯火《ともしび》のように消えかかっていた。

残酷な現実に何度打ちのめされようとも、それでも彼を取り戻すとの一念で己が消滅さえ覚悟してカイの元に向かおうとした、その時だった。

ふっ…と蠟燭《ろうそく》の火が消えるようにして、カイの気配がついに途絶える。

なにが起きているのか、すぐには意味がわからなかった。

「……カ、イ………？」

まるで最期の別れを惜しむように、さあっと風が吹き抜ける。この季節にしてはあたたかな夜風がユアンの頬を撫で、髪を撫で、まるで恋人がそうしているかのようにやさしく吹き渡っていった。

呆然自失のままあたりを見回す。

「――――」

言葉はなにも、出てこなかった。

「嘘……だろう……？」

カイが消えてしまったなんて。

「嘘だろう！」

俺が守ると約束したのに。そのための力だと自負していたのに。守ってやれなかった。助け出すことさえできなかった。

「……ッ」

俺のせいで、おまえは——。

石壁に何度も何度もこぶしを打ちつける。血が滲《にじ》み、骨が砕けてもなお、力をゆるめることなどできなかった。

震えながら目を閉じる。

『……ユアン』

カイの懐かしい姿が頭の中に甦る。思い出の中の彼は、苦しみや悲しみなどなにもなかったかのように、おだやかに微笑んでいた。

『ユアンみたいな専属のシェフがいてくれるなんて、贅沢だよねぇ』

懐かしい。彼がまだ人間だった頃だ。チェスに夢中になるあまり夕食をすっぽかしたカイに、サンドイッチを差し入れたことがあったっけ。

「おまえがうれしそうに食べるから、つい作りすぎて笑われたこともあったな」

『次こそ勝つよ、ユアン』

ほんとうに負けず嫌いな男だった。ゲームが終わるたびに「もう一回」とねだられ続けて、危うく朝日を浴びてしまいそうになったことさえある。

「あの時のリベンジがまだだろう。駒を並べ直してもう一度やろう」

『全部捨てても、ユアンといたい』

宣言した時の、あの真剣な表情が頭から離れない。家族を捨て、信仰を捨て、人であることさえ捨てて自分を選んでくれたカイ。

「ようやく仲間になれたじゃないか。俺のものになってくれたじゃないか」

それなのに。

『いつかぼくがいなくなっても、どうかユアンはしあわせになってね』

「――――…………ッ」

そんな残酷な言葉を遺しておまえは逝ってしまうのか。

「カイ――――」

血の滲んだ両手で顔を覆い、ぶるぶると震える身体を丸める。恋人は最後まで笑みを浮かべたまま、光に溶けるようにして消えていった。

彼は灰になったのだと、はっきりとわかった。

もう二度と。

もう二度と、会えないのだと。

蜜夜の宿命

重い扉を押し開けた途端、ひんやりとした空気が頬《ほお》を撫《な》でる。

聖堂内に人の気配がないことを確かめたキリエは、いつものように地下から続く階段を上った。

壁に設置された木製の手摺《てす》りは人の手が触れることによって飴色《あめいろ》に磨かれ、何百年もの間、人々を支えてきたことを物語っている。壁の漆喰《しっくい》はところどころ剝落《はくらく》していたけれど、それでも建てられた当時の美しさを充分に今に伝えていた。

ゆるやかな石の階段を上りきると、壮麗な大聖堂の内部に出る。

――いつ見ても圧倒される……。

その雰囲気にキリエは思わず息を呑《の》んだ。

大理石を組み合わせたモザイクの床に細い月光が反射している。暗く静まり返った建物の中は厳《おごそ》かな空気で満たされていた。

キリエたちがここに移り住んで、そろそろ一月が経とうとしている。

ヴァンパイア討伐を命題に掲げる国家機関の干渉を避けるため、ふたりは亡命という手段を執《と》った。国境を越えてしまえば簡単には手を出してこられないだろうと踏んだからだ。それでも念のためもうひとつ、ふたつと国を跨《また》ぎ、ようやく安住の地を得たところだった。

今はこうして、古い大聖堂の地下でひっそりと暮らしている。わけあって使われていなかったので借用させてもらっている形だ。

その昔、この国を含む近隣諸国一帯で流行病《はやりやまい》が猛威《もうい》をふるった。

あちこちで多くの死者を出す中、この村も例外ではなく、村人の半分が死に、辛うじて生き残ったものたちも救いを求めて各地に散っていったことで大聖堂だけが残されたという。

ふたりがここに辿《たど》り着いた時は埃《ほこり》こそ被っていたものの、使い魔が丹念に掃除してくれたおかげで聖堂内部も地下も見違えるほど綺麗になった。一年を通して雨の少ない気候のおかげで、建物自体に目立った傷《いた》みがなかったことも幸いした。

一方で、周囲の目をごまかすため外観はあえて元のままにしてある。もし誰かが扉を開けたら目を疑うに違いない。とうの昔に打ち捨てられたとは思えぬほど手入れが行き届いているのだから。

そんな大聖堂の中を起き抜けに見て回るのも、キリエの新しい習慣になりつつある。

今夜も異常はなさそうだと堂内を見回したキリエは、ふと、祭壇に見慣れないものが飾られていることに気がついた。

「あれ、は……？」

どうやら花のようだ。百合だろうか。

白百合は聖母マリアの象徴であり、同じ名を持つ母を思い出す花でもある。

——でも誰が、こんなところに……。

キリエは引き寄せられるようにして祭壇に赴き、花に顔を近づける。

そんなことをせずとも、ヴァンパイアの鋭い嗅覚が香りを感じ取っていたけれど、なんとなく今は花に寄り添いたい気分だった。

「百合が似合うな」

不意に、すぐ後ろで低音の美声が響く。

ふり返るとユアンが目を細めて立っていた。

「そうしていると、おまえが聖母に見える」

「わたしは男だぞ」

「そんなのは大したことじゃない」

――なんだそれは。

言われている意味がよくわからず、首を傾げるキリエにユアンがくすくすと笑う。

「まぁ、ちょっと気が強いところはあるが」

「文句があるなら……」

「怒るな。そういうところも好ましいと言ってる」

――まったく、調子のいいことを……。

キリエがため息をついたその時、少し離れたところに音もなく使い魔が現れた。

すらりと背が高く、全身が黒尽くめの男だ。はじめて会った時は話しかけにくそうな印象があったものの、何度か顔を合わせるうちにすっかり馴染んだ。彼の物腰のやわらかさがそうさせているのかもしれない。

使い魔はふたりの姿を見つけるなり、その場で恭《うやうや》しく頭を下げた。

「お話し中のところ、お邪魔をいたしました」

「いや、いい。ちょうどこの花の話をしていたところだ」

「これはおまえが摘《つ》んできたのか？」

キリエが問うと、使い魔はなぜか顔色を窺うようにユアンを見る。

「先日、ユアン様からキリエ様のお母上様のお話を伺いまして……。森に咲いている白百合のことを思い出しましたので、ユアン様にご報告差し上げたのです」

「せっかく大聖堂に住んでるんだ。百合ぐらい飾ってもいいだろう」

ユアンはそう言って片目を瞑る。

誰かにこうして母親のことを気遣われたのははじめてで、くすぐったく感じると同時に胸がふわりとあたたかくなった。

「気にかけて、くれたんだな」

「礼なら使い魔に言ってやってくれ。この百合は崖に咲くと聞いた。取ってくるのは大変だったろう」

労《ねぎら》いの言葉に、使い魔は「とんでもないことです」とばかりに首をふる。

「よろこんでいただけましたら、なによりでございます」

深々と頭を下げる使い魔にキリエがあらためて礼を言うと、彼は恐縮してますます腰を折った。そんなに畏《かしこ》まらなくていいと顔を上げるよう促しても、さらにそのままの体勢で後退《あとずさ》る始末だ。

これにはユアンも我慢ができなかったようで、とうとうこらえきれずにぷっと噴き出す。それにつられてキリエも、また使い魔も控えめに笑みを浮かべた。

三人でこんなふうに話す日が来るなんて、屋敷を出た時には想像もしなかった。文字どおりその身ひとつで亡命した以上、使い魔との関係もそれまでと思っていたからだ。

けれど彼は、キリエの予想に反してユアンについてくることを選んだ。その忠誠心には驚かされるばかりだ。きっと、使い魔をそうさせるなにかがユアンにはあるのだろう。

そのおかげで、今も変わらず快適な生活が送れている。彼の主人はユアンであって、キリエはそのおまけのようなものなのに、使い魔はキリエのことも主の恋人として敬い、ていねいに接してくれるのだった。

「それにしても」

ユアンがしみじみと堂内を見渡す。

「不思議なものだな。神に背くヴァンパイアが、こうして大聖堂に居着くなんて」

彼の言うように、ここを見つけたのはほんの偶然だった。たまたま近くを通った時に雨に降られ、ほんの雨宿りのつもりで軒《のき》を借りたところ信徒がいないことを知り、ならばと棲《す》むことに決めたのだ。

「おまえは嫌がるかと思っていたが」

「まぁ、馴染《なじ》みはないがな」

ユアンが苦笑とともに肩を竦める。

天国にも地獄にも行けない存在、それがヴァンパイアだ。生きていることそのものが神への冒瀆《ぼうとく》と言われてもおかしくない。

だがそのおかげで、十字架や聖水といったものに耐性があるのは助かった。神を信じないものには祓魔《ふつま》の効果がないからだ。

「こんなことでもなければ、大聖堂になんて一生足を踏み入れることもなかっただろう」

「スレイヤーたちの目を欺《あざむ》くには絶好の場所だ」

よもやこんなところにヴァンパイアが潜《ひそ》んでいるとは思うまい。スレイヤーだった頃の自分だってここは避けて通るだろう。

「いい寝床もできたしな」

ユアンが思い出したように喉奥でククッと笑いを噛み殺す。

「初日のおまえは見ものだった。あんなに棺《ひつぎ》を嫌がって……」

「しかたがないだろう。それに、今はもう慣れた」

それまでのキリエは、スレイヤーとして野宿をすることはあっても、基本的にはベッドで寝るのが当たり前だった。ヴァンパイアになったその夜のうちに旅に出て、各地を転々としながらようやく辿り着いたのがここだったのだ。ユアンに言われるまで棺で眠るなど考えたこともなかった。

「棺に入れと言われて、抵抗のない人間などいるか」

棺は死出の器というイメージがある。そこで眠れと言われてもどうしてもためらってしまうのだ。

「背中が痛いだの狭いだのと、ずいぶん文句も言ったしな」

「それもわたしのせいじゃない」

「こんなところで寝るやつの気が知れないとまで言ったくせに」

「……」

追及されて、キリエは思わず目を泳がせた。

はじめはあんなに嫌だったのに、今では棺に収まらないと落ち着かないのだからおかしなものだ。

そうやって肯定してみると、日の光を完全に遮断してくれる黒い箱こそ居心地がいいと思えてくる。

ヴァンパイアになったことで価値観まで変わるというのはなんとも興味深い体験だった。

「それでは、ユアン様。わたくしはこれで……」

「あぁ。ご苦労だった」

細々《ほそぼそ》とした言いつけを済ませた使い魔がふたりに一礼して姿を消す。

それを見送りながら、キリエはつくづくとその不思議さに感心した。ヴァンパイアが霧に姿を変えることといい、いったいどうなっているのだろう。

考えていることが表に出ていたのか、ポンと頭に手を置かれた。

「おまえにも、そのうち教えてやる」

「わたしもあんなことができるようになるのか」

そんなことは初耳だ。考えたこともなかった。

「なんだ。やってみたかったのか？」

ユアンが意外そうに片眉を上げる。

「まぁもっとも、ああやって消えるのは悪魔の専売特許だけどな。下級悪魔と言ってもいろいろいる。先代の使い魔は空間移動が不得手でな……。よく失敗しては俺やカイに怒られたもんだ」

当時のことを思い出しているのか、ユアンが遠くを見るような目になる。

自分と出会う前の彼の話を聞く機会は滅多にない。あれもこれも聞きたいのを我慢して、キリエは水を向けるように口を開いた。

「その頃は、別の使い魔がいたんだな」

「あぁ。いいやつだった……」

その口ぶりから使役はもういないのだとわかる。ユアンの横顔には懐かしさと、それと同じだけのせつなさが見て取れて、キリエはとっさに恋人の節くれ立った手を握った。

「長く生きていればそれだけ別れもあるだろう。だがそれは、いつかきっとおまえの財産になる」

ユアンが驚いたようにこちらを見る。

「慰《なぐさ》めてくれてるのか」

「そう受け取っておけ」

誰かを慰めるなんてしたことがないせいで、どうにもぶっきらぼうな言い方になってしまう。

それでもユアンには伝わったようだ。

「おまえがいてくれて良かった」

そう言って微笑《ほほえ》むユアンの後ろから、さあっと月の光が差しこんでくる。ちょうど雲間が出たのだろう。祭壇の上に掲げられたステンドグラスが皓々《こうこう》とした光に色づいた。

決して豪華なものではないが、十字架を嵌《は》めこんだ色とりどりのガラスはいつ見上げても心が吸い寄せられる。小さな頃は母親に連れられて足繁《あししげ》く教会に通ったものだけれど、母が床《とこ》に伏せるようになってからは自然と足が遠退き、こうして十字架を仰ぐこともなくなっていた。

「気に入ってるのか」

問いかけに、キリエはわずかに首を傾げる。

「わからない。ただ、見ていると気持ちが落ち着く。ようやく血で血を洗う日々から解放されたのだと思える」

あの頃は、自分を殺戮《さつりく》に追いこむことでしか己の存在価値を確かめられなかった。けれど、今は違う。自分が必要とし、自分を必要とする大切な相手と、安全な場所で暮らすことができるのだから。

「やっとだ」

「あぁ、そうだな。やっとだ」

「やっと……」

嚙《か》み締めるようにくり返す。何度でも確かめたい気分だった。

「しばらくはここにいるのか」

「当分は様子見だ。またいつ夜逃げすることになるかはわからんが」

ユアンがそっと肩を竦める。夜逃げという言葉が言い得て妙で、こんな話をしている時だというのにキリエもついつい笑ってしまった。

「しかたがない。危険はゼロではないからな」

この国にもスレイヤーがいるという情報はまだないが、万が一にも遭遇したら、今度は自分がサンザシの杭を向けられる番だ。かつてヴァンパイアを討伐したように、次は自分が彼らのターゲットになる。

そう言うと、ユアンははっと顔を強張《こわば》らせた。

「もしもスレイヤーたちと戦闘になったら、どうか無茶だけはしないでくれ」

「どういう意味だ」

「いくら死を超越した生きものと言われたところで、心臓に杭を打たれたらそれで終わりだ。俺は、おまえを失いたくない」

「ユアン……」

その真剣な眼差しに、彼の本気が痛いほど伝わってくる。

「戦うことになったら俺が必ず盾になる。おまえには指一本触れさせない。絶対に。絶対にだ」

自分に言い聞かせるようにユアンは何度もくり返した。

「……カイをなくした時のことを、思い出しているのか」

「……っ」

逞《たくま》しい肩がビクリと竦む。

痛ましさにキリエは唇を噛むことしかできなかった。

最愛の人を失う苦しみを自分は知らない。我が身に置き換え、ユアンをなくしたことを想像するだけで胸が抉《えぐ》られるようにズキズキと痛んだ。耐えられない。ユアンを失うなんて。それでもなお生き続けなければならないなんて、自分にはとても耐えられない。

――そんな思いを、もう一度ユアンにさせていいのか……？

不意に、自分の中から声が聞こえてくる。

キリエは引きこまれるようにして愛しい漆黒の瞳を見上げた。

もう二度と、ユアンに悲しい思いをさせてはいけない。辛い思いをさせてはいけない。そのために自分にはできることがある。ならばそれを全力でやりきるだけだ。

キリエは強い決意を胸に、きっぱりと告げた。

「ヴァンパイアは不死身ではない。それを身をもって知っているのが、おまえとわたしだ」

ユアンは始祖として、キリエはスレイヤーとして、常に存在の消滅に向き合ってきた。だからこそこれだけは言える。

「わたしは消えない」

「――――！」

ユアンがこれ以上ないほど目を見開く。

「大丈夫だ。わたしはおまえを置いて消えたりしない」

「キリエ」

「戦闘力には自信があるんだ。忘れたか。わたしは始祖を追い詰めた男だぞ。スレイヤーと戦ったのも見ていただろう」

あれは、自暴自棄になったユアンが自らスレイヤーの群れに飛びこんだ時だ。彼を助けたい一心で相手が人間であることさえお構いなしに剣をふるった。

あの時は、ユアンへの想いに揺れるあまり隙《すき》を突かれてしまったけれど、今は違う。

「わたしを惑わすものなどもうなにもない。こうしておまえといられるのだから」

ユアンのたったひとりになりたいという、一番の願いが叶ったのだから。

恋人は息を詰め、じっとこちらを見つめている。キリエのどんな一言も聞き洩《も》らすまいとする真剣さに、彼が自分を大切に想ってくれていることを実感した。

胸の奥から熱いものがこみ上げてくる。

これが愛しさというものなのだと、ユアンに出会ってはじめて知った。そんなかけがえのないものを教えてくれた恋人を笑顔にさせたくて、キリエはわざと「それに」と戯《おど》けてみせる。

「また同じようにナイフで刺されたとしても、そんなことでヴァンパイアは死なない。しかもすぐに回復する。良かったたな」

ユアンは一瞬目を瞠り、それからすぐに困ったような顔で噴き出した。

「おまえはまったく……気の強いやつだな」

複雑な顔で笑うのを見ているうちに、キリエもおかしくなって一緒になって笑う。

「心配するな。これからは、わたしがおまえを守ってやる。ユアンは隙だらけだからな」

「俺がいつ隙だらけだって？」

「わたしに杭で討たれようとしたくせに」

あの嵐の夜。這々の体で屋敷に戻ったユアンは、キリエの前に無防備に身体を投げ出したのだった。おまえに消してもらえるならそれがいいと、甘い毒のような言葉とともに。

「……そんなこともあったな」

ユアンは苦笑しながら白百合の花瓶に触れる。

「この想いが許されるなんて思ってなかった。叶わないならせめて、おまえの手ですべてを終わりにしてほしかったんだ」

「そんなことをしたら、今のわたしたちはないのに」

やんわりと諫《いさ》めながらも、ユアンの気持ちは痛いほどわかる。自分もそうだったからだ。

だからこそ言える。

「この世には絶対なんてものは存在しない。いつか失ってしまうことだってある。それでもわたしは、巡り会ったことを後悔したくない」

これから先、なにが待ち受けているかはわからないけれど、たとえどんなことが起ころうともユアンとともに生きる決断をしたことを決して後悔しないと誓える。

静かに告げるキリエに、ユアンは一度瞼《まぶた》を閉じ、嚙み締めるように間を置いてから再びゆっくりと目を開けた。

「おまえに、出会えて良かった――」

慈愛に満ちた表情に胸がぎゅっとなる。

それこそが答えなのだ。長い道のりの果てに辿り着いた、自分たちの大切な答えなのだ。

「俺たちの在《あ》り方《かた》を、宿命と言ったらおまえは笑うか」

こうして出会ったのも、惹《ひ》かれ合ったのも、すべては宿運だったのだと。

漆黒の瞳を見上げながらキリエは静かに首をふった。

「笑うものか」

ユアンがカイと出会わなければ。

カイがマリアと出会わなければ。

マリアがキリエを生まなければ。

キリエがユアンと出会わなければ。

いくつもの奇跡の上にこの関係は成り立っている。それを思えば、宿命という言葉以上にふさわしいものなどありはしない。

ユアンの胸に額を押し当てると、逞しい腕が両側から身体を包んでくれる。同じように広い背中を抱き締めながら愛しい男の匂いを思う存分吸いこんだ。

憎しみを抱いて出会ってから、それを凌駕《りょうが》してあまりあるほどの愛を知った。何度も何度も遠回りをして、心にも身体にも傷を負った。

けれど己のすべてをさらけ出すことが、ユアンと結ばれるために必要だったと今なら言える。

「長かったな……」

ポツリと呟いた声はほとんど独り言のようなものだったけれど、ユアンには聞こえたようだ。

「これから過ごす時間に比べたら、ほんの一瞬のようなものだろう」

「え?」

「俺たちの時間は永遠にある」

含み笑いに顔を上げると、そこにはいつものように口端を持ち上げた恋人が得意げにこちらを見下ろしていた。

さっきまで真面目な話をしていたのに、もうこうだ。

けれど、そんなところにも惹かれてしまうのだからまったく自分も始末に負えない。

――これが永遠に続くのかと思うと……。

恐いような、楽しみなような。

差し当たっては、そのために絶対必要なことがひとつだけある。

「おまえが消滅さえしなければな」

「おまえのためならお安いご用だ」

恋人はくすくすと笑いながらそれを請け負い、なおかつ髪に誓いのキスを落とした。

「愛してる。キリエ」

「……あぁ。わたしもだ」

これまでのすべてに感謝をこめて。

愛しい唇を待ち侘《わ》びながら、キリエはそっと瞼を閉じた。

あとがき

こんにちは、宮本《みやもと》れんです。

『蜜夜の刻印』お手に取ってくださりありがとうございました。

雑誌の頃から数えると、リンクスさんでお仕事をさせていただくようになってもうすぐ五年になりますが、その間なにかと言うと「ヴァンパイアが書きたいです」とくり返していたような気がします。しまいには私が「ヴァン…」と口走る前に、そんな空気を読んだ担当さんから「今回はヴァンパイアでないもので」と爽やかに先手を打たれたりと絶妙な攻防戦をくり広げていたのですが(笑)、このたび念願叶って本にしていただけることになりました。うれしくてあとがきを書きながら手が震えます（そして胸も震えます……）。

元は人であったにも拘わらず、死を越え、人ならざるものとなって甦り、終わりのない時間をくり返す存在というものにものすごく萌えてしかたがないです。そこに人との恋が生まれるも良し、同種で結ばれるも良し。死生観を絡めつつ耽美に展開したりするともう転げ回る勢いです。

今回のお話は、元は『イリーガルヴァンパイア』というタイトルで雑誌に掲載していただいたものです。改稿にあたって、その昔いただいたアンケートを読み返したのですが、ご感想の持つあたたかいパワーにあらためてジーンとしてしまいました。ここが良かった、このセリフが良かったと言っていただいたところはなるべくそのまま、再構成させていただいています。少しでも気に入っていただけましたらうれしいです。

短編二本はそれぞれ毛色が違うものですが、特にユアンとカイの過去編は違う側面からお話を見直すきっかけにもなり、書けて良かったと思います。ユアンとキリエの後日談はカバーの白百合がとても素敵だったので、それをモチーフに使わせていただきました。

本作にお力をお貸しくださった方々に御礼を申し上げます。

香咲《こうさき》先生。雑誌掲載から三年、またこうしてご一緒させていただけて光栄です。どうしても香咲先生の色っぽいふたりをカラーで拝見したかったので、念願叶って感無量です。ユアンの強さの奥にある脆さややさしさ、キリエの凜とした空気感や揺れる気持ちを絵に丁寧に拾い上げてくださって、ほんとうにうれしかったです。ありがとうございました。

担当K様、今回もまた大変お世話になりました。ビシバシふるってくださるドSな飴と鞭がたまらない今日この頃です。これからも大よろこびでついていきます！

最後までおつき合いくださりありがとうございました。

それではまた、どこかでお目にかかれますように。

二〇一六年　春の蜜夜に

宮本れん

初出

蜜夜の刻印	2013年 リンクス２月号掲載「イリーガルヴァンパイア」改稿・改題
殉愛のレクイエム	書き下ろし
蜜夜の宿命	書き下ろし

誓約のマリアージュ《せいやくのマリアージュ》

宮本れん
イラスト：**高峰 顕**
本体価格870円+税

凛とした容貌で、英国で執事として働いていた立石真は、日本で新しい主人を迎える屋敷に雇われることになる。真の主人になったのは、屋敷の持ち主だった資産家の隠し子・高坂和人。これまでに出会ったどの主人とも違う、大らかな和人の自由奔放な振る舞いに最初は困惑するものの、次第にその人柄に惹かれていく真。そんなある日、和人に見合い話が持ち上がる。どこか寂しく思いつつも、執事として精一杯仕えていこうと決心した真だが、和人から「女は愛せない。欲しいのはおまえだ」と思いもかけない告白をされ…。

リンクスロマンス大好評発売中

あまい恋の約束《あまいこいのやくそく》

宮本れん
イラスト：**壱也**
本体価格870円+税

明るく素直な性格の唯には、モデルの脩哉と弁護士の秀哉という二人の義理の兄がいた。優しい脩哉としっかり者の秀哉に、幼い頃から可愛がられて育った唯は、大学生になった今でも過保護なほどに甘やかされることに戸惑いながらも、三人で過ごす日々を幸せに思っていた。だがある日、唯は秀哉に突然キスされてしまう。驚いた唯がおそるおそる脩哉に相談すると、脩哉にも「俺もおまえを自分のものにしたい」とキスをされ…。

恋、ひとひら《こい、ひとひら》

宮本れん
イラスト：**サマミヤアカザ**
本体価格870 円+税

黒髪黒髪に大きな瞳が特徴的な香坂楓は、幼いころに身寄りをなくし、遠縁である旧家・久遠寺家に引き取られ使用人として働いていた。初めて家に来た時からずっと優しく見守ってくれていた長男・琉生に密かな想いを寄せていた楓だが、ある日彼に「好きな人がいる」と聞かされてしまう。ショックを受けながらも、わけあって想いは告げられないという琉生を見かねて、なにか自分にできることはないかと尋ねる楓。すると返ってきたのは「それなら、おまえが恋人になってくれるか」という思いがけない言葉で…。

リンクスロマンス大好評発売中

執愛の楔《しゅうあいのくさび》

宮本れん
イラスト：**小山田あみ**
本体価格870円+税

老舗楽器メーカーの御曹司で、若くして社長に就任した和宮玲は、会長である父から、父の第一秘書を務める氷堂瑛士を教育係として紹介される。怜悧な雰囲気で自分を値踏みしてくるような氷堂に反発を覚えながらも、父の命令に背くわけにはいかず、彼をそばに置くことにした玲。だがある日、取引先とのトラブル解決のために氷堂に頼らざるをえない状況に追い込まれてしまう。そんな玲に対し、氷堂は「あなたが私のものになるのなら」という交換条件を持ちかけてきて——。

この本を読んでの
ご意見・ご感想を
お寄せ下さい。

〒151-0051
東京都渋谷区千駄ヶ谷4-9-7
(株)幻冬舎コミックス　リンクス編集部
「宮本《みやもと》れん先生」係／「香咲《こうさき》先生」係

リンクス ロマンス

蜜夜の刻印

2016年4月30日　第1刷発行

著者……………宮本《みやもと》れん
発行人…………石原正康
発行元…………株式会社　幻冬舎コミックス
〒151-0051　東京都渋谷区千駄ヶ谷4-9-7
TEL 03-5411-6431（編集）
発売元…………株式会社　幻冬舎
〒151-0051　東京都渋谷区千駄ヶ谷4-9-7
TEL 03-5411-6222（営業）
振替00120-8-767643
印刷・製本所…株式会社　光邦
検印廃止

ISBN978-4-344-83703-4 C0293
Printed in Japan

幻冬舎コミックスホームページ　http://www.gentosha-comics.net

本作品はフィクションです。実在の人物・団体・事件などには関係ありません。